LA ULTIMA
OPORTUNIDAD

Sra. Yolanda Gómez
2738 Stingle ave
Rosemead Ca. 91770
tel. 818- 573- 3688

LA ULTIMA OPORTUNIDAD

Carlos Cuauhtémoc Sánchez

novela de superación

personal y conyugal

Ediciones Selectas Diamante s.a. de c.v.

Libros que transforman vidas

LA ULTIMA OPORTUNIDAD

© Febrero de 1994. Carlos Cuauhtémoc Sánchez.

PRIMERA EDICION:

© Marzo de 1994. Ediciones Selectas Diamante S.A de C.V.
Libros que transforman vidas.

Distribución y ventas:
Ediciones Selectas Diamante S.A de C.V.
Planta Ixtapantongo 86, Col. Electra, Tlal. Edo. Mex.
C.P. 54060   México.
Teléfono y fax:
3- 97- 79 - 67,   3- 97- 31- 32,   3- 98- 20- 03

I S B N 968-7277-02-5

Portada: "Orfeo", Gustave Moreau (1826- 1898)
              Museo de Orsay

Viviendo cerca de un amor conyugal tan hermoso aprendí a respetar a la pareja y a anhelar tener una así. Todo tiene un principio: Por eso, papá y mamá, públicamente les doy las gracias. Sin ustedes nada en mi vida hubiera sido igual.

Contenido

Prefacio

Un fracaso matrimonial es algo para lo que comúnmente no se está preparado. La decisión de casarse viene siempre acompañada de una fuerte carga de ilusiones y sueños... *"El divorcio es un infortunio que sucede sólo a los demás, a los que no se aman, a los que descuidan a su pareja... Eso nunca me ocurrirá a mí..."* De la misma forma, visualizamos una familia unida, con niños lindos y sanos... *"¿Y los bebés enfermos? Ah, son raros, y por supuesto Dios mediante, no me tocará uno a mí..."*

No puedo menos que sonreír con aciaga melancolía... Los hechos son a veces tan distintos de los anhelos...

Era de noche cuando tomé pluma y papel por primera vez con la sola intención de desahogarme. Mi único hijo se hallaba en la sección de terapia intensiva, en el séptimo piso del hospital, su estado era crítico y su diagnóstico incierto, mi esposa estaba con él... Sólo se permitía una visita y yo tenía que esperar hasta que ella saliera... No había mucho que hacer... Mi esposa no me permitiría ver al niño...

Me encerré con doble llave en la habitación y permanecí estático por varios minutos... ¡Qué pesadilla tan cruel!: Mi hijo al borde de la muerte. Mi matrimonio deshecho...

Jugueteé con la pluma. Tracé algunos garabatos grotescos. Necesitaba poner en orden mis ideas, descubrir en qué momento comencé a bajar el tobogán que me condujo hasta allí... Discutir con Dios en voz alta y calibrar los recuerdos de algunos hechos que aún no entendía.

Al fin, mi letra se dibujó redonda y grande al comenzar a reclamar:

¿En qué pensabas Señor, cuando hiciste aparecer en mi vida a esa mujer y propiciaste nuestra unión, sabiendo que no éramos compatibles? ¿En qué pensabas cuando hincado con ella frente a tu altar nos bendijiste sabiendo las enormes dificultades que nos esperaban? ¿En qué pensabas cuando me ocultaste sus defectos permitiendo que yo me diera cuenta de ellos cuando era demasiado tarde? ¿En qué pensabas cuando permitiste que nuestro hijo viniera al mundo en un cuerpo a veces sano y a veces traicioneramente enfermo? ¿Por qué no me preparaste? ¿Por qué te has deleitado en jugar conmigo?

Detuve la incipiente reclamación. Miré por la ventana. La noche era clara y diáfana. Hacía tiempo que no veía un cielo nocturno así... Mi alma estaba deshecha, mi espíritu atribulado, mi cuerpo cansado... Reinicié la escritura como el viajero que se aventura a una tierra extraña, tratando de hallar tesoros escondidos en los que nadie cree.

Atrapado por tan deprimentes circunstancias entendí los conceptos más importantes de mi existencia... Tuve que caer hasta el sumidero para detenerme a reflexionar. Me preguntaba, mientras escribía, una y otra vez por qué no lo hice antes.

8

Uno

Si quieres irte, vete.

La epilepsia de nuestro hijo Daniel fue evolucionando lentamente. Primero tuvo las llamadas crisis focales sensoriales (constantemente decía oler o escuchar cosas que nosotros no percibíamos), más tarde aparecieron las "ausencias" del pequeño mal (periodos breves, de poca duración, en los que fijaba la mirada, suspendía la actividad que venía realizando y permanecía quieto como estatua sin conocimiento y sin capacidad para responder a estímulos externos). Finalmente, después de un periodo bastante largo en el que no sufrió ataque alguno, apareció la primera crisis convulsiva tónico-clónica del gran mal [1].

Esa noche sobrevino también el caos familiar.

Estábamos en la casa después de un día de trabajo común. Nos disponíamos a dormir cuando escuchamos la voz del pequeño llamándonos desde su recámara. Mi esposa acudió de inmediato. Yo continué con toda calma, colgando mi traje y mi corbata.

—David ven rápido. Por favor...

Detuve mis movimientos en señal de alerta. La voz de Shaden sonó verdaderamente alarmada. Reaccioné asustado y corrí al cuarto del niño.

—Tiene alucinaciones... Otra vez.

Me hinqué frente a mi hijo que, llorando, levantaba la mano derecha y señalaba un ente monstruoso que sólo él veía. Su mirada estaba desencajada y sus palabras eran incongruentes, muestra inequívoca de la actividad eléctrica desordenada de su corteza cerebral.

—Cálmate mi vida —le decía tratando de abrazarlo—, no es nada... Cierra los ojos...

Pero Daniel seguía gritando preso de un terror indecible con su rostro yerto, contraído en un rictus de pánico...

—No quiero que se vayan... —articulaba entre gemidos.

—¿Qué dices? Nadie se va a ir...

En ese momento se tranquilizó y tuvo un periodo de franca lucidez...

—Siento el aura —balbuceó—, los brazos me cosquillean, tengo mucho miedo papá...

—No va a pasar nada... —le dije al momento en que lo recostaba en su cama previniendo lo que *sí* pudiera pasar...

—Los quiero a los dos... Juntos...

Fue lo último que dijo antes de lanzar un grito sordo y paralizarse. Entonces comenzaron las convulsiones.

Shaden y yo habíamos leído mucho respecto a las diferentes manifestaciones de la epilepsia, pero nunca, hasta esa noche, presenciamos de cerca la fuerza de un ataque espasmódico del gran mal. Mi esposa se mordió el puño llorando y yo, con torpeza, aflojé la ropa del pequeño para ayudarlo a respirar y puse almohadas a sus costados. La impotencia de no poder hacer otra cosa, era tanto más terrible cuanto más violentas las contracciones. No se recomendaba tratar de inmovilizarlo, ni introducir objetos a su boca, ni darle medicamentos o remedios... Sólo esperar... [2]

A los pocos minutos las sacudidas se hicieron más suaves hasta que fueron desapareciendo por completo. El niño recobró parcialmente el conocimiento moviendo la cabeza y quejándose...

Las lágrimas me llenaron los párpados. Lo abracé susurrándole al oído que lo amábamos.

Shaden se acercó también a acariciarlo. Era en extremo doloroso enfrentar el sufrimiento de un hijo y no poder hacer nada para ayudarlo...

—Los quiero a los dos... *juntos* —articuló pastosamente como si su mente se hubiese detenido en la misma idea anterior a la crisis.

—Aquí estamos mi vida —le dije con un nudo en la garganta—. Los dos juntos. No te preocupes... Trata de descansar... Todo está bien.

Ignoro cuánto tiempo pasamos contemplando al pequeño. Ya era muy avanzada la noche cuando me incorporé y le indiqué a mi esposa que debíamos irnos a nuestra recámara. No me contestó. Ultimamente habíamos tenido serios problemas conyugales. Me encogí de hombros. Si quería pasarse la noche dándose de topes contra el entresijo, era asunto suyo.

Salí de la recámara indiferente y me metí a la gélida cama matrimonial. Permanecí recostado con los ojos fijos en el techo. Cuando mi esposa entró, los cerré, simulando dormir. Encendió la luz y se detuvo de pie para observarme.

—Sé que estás despierto.

Permanecí inmóvil. ¡Qué honda depresión me ahogaba! ¡Cuán infame se presentaba ante mi mente la cadena de preocupaciones! Después del acceso de Daan, sentía especialmente deseos de salir corriendo. ¿Cuánto hacía que no compartía con nadie mis sentimientos?

Shaden comenzó a desvestirse. No entreabrí los párpados para admirar sus esbeltas formas como antaño. Se acercó y puso una mano sobre mi frente en gesto de caricia para decir:

—El niño nos necesita unidos, ahora —agregó—. ¿Qué nos está pasando David? Me siento muy sola.

Quise contestar "yo también", pero mi boca permaneció cerrada. Trató de sentarse junto a mí y como no hallara espacio se levantó confundida y triste.

Abrí los ojos. En la habitación se respiraba un ambiente nostálgico, como si el aire hubiese multiplicado su densidad y tratara de aplastarnos...

—¿Qué es lo que te ocurre? ¿Estás enojado conmigo? ¿Te hice algo? ¡Dímelo! ¡Ya me cansé de tu silencio!

—Déjame en paz —espeté—. Estoy afligido por lo que acaba de pasar. ¿No te das cuenta?

—¿Y tú crees que yo estoy feliz? ¿Por qué no podemos compartir nuestras ideas ni siquiera en momentos como éste?

—Van a dar las tres de la mañana. Yo tengo que levantarme a las seis. No es momento para compartir nada.

—Siempre debes levantarte temprano... Ahora trabajas más y lo curioso es que tenemos menos dinero. ¿A qué se debe? ¿Por qué ya no vienes a comer? ¿Por qué llegas cada vez más tarde a casa?

—¡Ya basta....! —grité con fuerza—. ¡Déjame en paz!

—No. No basta. Por favor David. Explícame qué rayos está pasando. ¿Hay otra mujer acaso?

—Bueno sería...

Shaden se quedó quieta frente a mí, tratando de recuperar el aplomo. Un abismo infranqueable nos separaba...

Recordé haber leído que cuando le preguntaron a 400 psiquiatras por qué realmente fracasaban los matrimonios, el 45 por ciento contestó que uno de los factores principales era la incapacidad de los maridos para expresar sus sentimientos. [3]

—Si tú y yo nos entendiéramos mejor, el más beneficiado sería nuestro hijo...

Su último recurso me aplastó... Yo era capaz de hacer cualquier cosa por mi niño... Siempre lo había dicho. Además esto no podía seguir; era un martirio vivir así.

Me senté al borde de la cama frotándome la cabeza. ¡Cómo necesitaba dar escape a tanta presión interna, expulsar las penas; vomitar las toxinas de mi conciencia! Ya no me era posible llevar a cuestas la carga de preocupaciones, miedos y conflictos irresolutos. Esa máscara encrespada era un mecanismo de defensa para ocultar mi naturaleza vulnerable, pero en el mundo competitivo de los negocios y la política sólo se sobrevive siendo manipulador, desconfiado y frío y resulta muy difícil desahogarse cuando se está tan acostumbrado a callar...

—Hace tiempo que dejaste de luchar por nuestro matrimonio —remarcó mi esposa al verme enmudecido— y Daan no se merece eso.

—Otra vez lo mismo... —contesté cayendo en la cuenta que intentaba chantajearme—. ¿Quieres apartarte de mi vista?

—Mira David. Yo también me estoy cansando de ti... He hablado mucho con otras personas y todos están de acuerdo en que no puedo permitir que me sigas tratando de esa forma.

—¿Todos están de acuerdo? ¡Vaya! Y seguramente tu madre es la primera en estarlo. ¿Cuándo aprenderá esa señora a no meterse en lo que no le importa?

—Pues, independientemente de lo que otros opinen, yo también me estoy cansando —repitió—, y debo decirte que si las cosas no cambian, vas a perderlo todo...

Me puse de pie sintiendo cómo la ira comenzaba a calentarme las manos.

—¿Estás amenazándome?

Tardó en contestar. Le costó trabajo cruzar ese puente y sincerarse, pero finalmente lo hizo.

—No es amenaza. Sólo quiero hacerte saber que ya no estoy dispuesta a vivir con alguien que me trata como si fuera basura... Así que he comenzado a pedir asesoría a un grupo de abogados.

La miré con los ojos muy abiertos.

—¿De modo que planeas divorciarte?

—Si tú no cambias, sí.

—Pues vamos a poner manos a la obra. Vé con tus abogados mañana y me mandas los papeles del divorcio a la oficina. Yo me voy de una vez y para siempre.

Caminé hasta el armario y comencé a arrojar al suelo mi ropa sin ton ni son. En realidad no deseaba irme ni divorciarme, pero tampoco podía mostrarme doblegado ante su desafío. Comencé a hacer mi maleta en espera de que se retractara. Eso solía ocurrir. Podíamos alegar durante horas sin llegar a ningún lado, pero en el momento en que yo usaba el recurso de esfumarme, cambiaba de actitud, se ponía en medio, me pedía que no me fuera y yo aprovechaba para lanzar blasfemias, gritos e insultos superlativos. Era una forma de recuperar mi autoridad. No era la mejor, pero me sentía un ser tan infeliz y devaluado cuando estaba con mi familia, que precisaba echar mano de cualquier recurso para lograr respeto.

En la empresa, la gente me trataba con deferencia, los empleados me adulaban, las secretarias me brindaban un trato delicado, los proveedores me llevaban regalos y nadie podía entrar a mi oficina sin previa cita. En mi hogar, en cambio, yo era "el viejo", "el ogro", "el gruñón", "el ruco"; cuando llegaba, las risas se apagaban y las conversaciones entusiastas entre mi esposa e hijo se desvanecían. Era tan notorio el contraste, que sólo siendo duro lograba comedimiento en mi casa.

—Tú debiste ser hombre —dije metiendo la ropa sin cuidado a la valija—. Quieres llevar las riendas pero a mí no me vas a manejar.

—Claro que me hubiera venido bien ser hombre, para tener derecho a gritar igual que tú.

—De todas formas lo haces. ¿O qué no te has oído, bruja histérica? Te gusta mandar y disponer, pero lo absurdo es que también quieres que te mantengan.

—¡Lárgate de esta casa!

—Claro que me voy. Ese era tu deseo ¿verdad? ¿Por qué no lo dijiste antes?

—Porque te tenía miedo, pero ya no ¿me oyes?

—Así que ése es tu plan. ¿Y desde cuándo? ¿Te lavaron el cerebro las feministas? ¿Te dijeron que debes estar en la onda de la liberación? Mira que si salgo por la puerta ahora, no me volverás a ver, te lo advierto...

—Ya no amenaces, que me das lástima. Vete. Te estás tardando.

Me volví de espaldas y seguí haciendo mi maleta.

—Quiero que recuerdes cuando estés lejos la enfermedad de tu hijo —remató—. Ya viste cómo le afectó la idea de nuestra separación.

—¿Tú le dijiste que estabas viendo abogados?

—Sí, para prevenirlo.

Di una patada al equipaje y comencé a dar vueltas por el cuarto. Recordé que, antes de la crisis, el niño había gritado una y otra vez "no se vayan" y después del ataque, remarcó la frase "los quiero a los dos... *juntos*".

—¡Maldición...! —masculé—, ¿sabes que decirle eso pudo ser la gota que derramó el vaso en su sistema nervioso? ¡Maldición, maldición! —repetí dando dos, tres, cuatro puñetazos con todas mis fuerzas a la pared, hasta que un intenso dolor en los nudillos me detuvo.

Salí del cuarto. Mi esposa me siguió hasta la sala.

—Las cosas no se pueden ocultar. ¿Tú crees que Daniel es tarado? El se da cuenta de todo. Además no fue por eso que sufrió el ataque. Tiene más de un año que desaparecieron los síntomas y creímos que se había curado, así que hace dos semanas le suspendimos el medicamento, ¿ya no te acuerdas? Por eso pasó lo que pasó.

—¿Le suspendimos...? ¿Le dejaste de dar la etosuximida? —me aproximé respirando agitadamente con los ojos muy abiertos.

Mi esposa dio un paso atrás. Había detectado que el fantasma asesino de la ira se había apoderado de mí.

—Sí. Acuérdate que te lo comenté.

—Nunca me dijiste nada..

—Lo hice pero tú no sueles escucharme. Cuando hablo piensas en otras cosas y me contestas a todo que sí.

La ira me cegó. El organismo de los animales ante el enojo o el miedo, deja de irrigar sangre al cerebro para tonificar los músculos y disponerse a huir o atacar. Algo parecido me ocurrió.

—Eres una estúpida —balbuceé-. Angustiar al niño diciéndole que sus padres posiblemente se divorcien y suspenderle bruscamente la medicina... No cabe duda que eres una real y reverenda estúpida.

—Y tú... Eres un cobarde, puerco. Como marido dejas mucho que desear.

—¡Cállate infeliz!

—¡Nunca has madurado. Te crees muy listo, pero la verdad es que eres un cobarde que se escuda en el trabajo para no cumplir como marido...!

Tuve deseos de echarme sobre ella y matarla, pero la ira me había paralizado. Detrás de mí estaba el ventanal de cristal filtrasol, me volví y lo golpeé fuertemente haciéndolo añicos; sufrí algunas cortadas con el vidrio.

—¿Para qué luchamos tanto por tener lo que tenemos? —reclamé—, ¿qué caso tiene todo esto si tú estabas planeando divorciarte? —caminé batiendo muebles, rompiendo floreros y estatuillas—, nos divorciaremos —bufé acercándome a ella—, pero tarde o temprano me quedaré con el niño. Me iré de tu vida y me llevaré a Daan.

—¡Estás loco! —gritó—. Vales más muerto que vivo. Desaparécete, eres un maldito psicópa...

No la dejé terminar. Alcé la mano derecha y con todas mis fuerzas la impacté sobre su rostro. La potencia de tan tremenda bofetada la hizo rodar por el piso.

Shaden reptó hacia atrás observándome aterrada, al tiempo en que se soltaba a llorar limpiándose la sangre que le escurría por la boca. Concluí que todo era inútil, que mi matrimonio se había ido al demonio definitivamente. Miré mi rostro desencajado en el espejo como una bestia sin control, sentí lástima y rabia.

Esta vez la vida parecía dispuesta a dar un vuelco radical.

Nunca me imaginé a qué grado.

Dos

¿Vale más el trabajo o las influencias?

Me dirigí a la recámara principal para terminar de arreglar mis cosas.

Estaba temblando al tomar la valija.

La escena recién vivida me parecía un sueño incongruente y despiadado... ¡Le había pegado a mi esposa!

Ahora comprendía por qué los maridos solemos caer con mayor frecuencia que las mujeres en adulterios, alcoholismo, violencia, infidelidad, abandono de hogar o mal humor crónico. No es que la naturaleza masculina sea proclive a la corrupción ni que a los hombres nos guste el libertinaje egoísta, sino que las emociones no habladas, los sentimientos acumulados sin desahogo alguno, ocasionan una presión interna que, tarde o temprano, nos hace explotar en palabras hirientes, escapes inaceptables e incluso en extremos como el de levantarle la mano

17

a la pareja o dar un golpe, llegando así a la coronación de la estupidez.

Escuché que la puerta del cuarto de Daan se abría. ¿Shaden pretendía dormir con el niño? ¿O acaso quería llevárselo? ¿Pero llevárselo a dónde? ¡Qué más daba! Yo estaba expulsado del campo de juego. Continué preparando mis cosas.

El timbre del teléfono comenzó a tintinear levemente. Alguien marcaba un número desde la otra extensión. Abrí la puerta de la recámara y observé el aparato color pistache en la mesita del pasillo. ¿A quién podía estar llamando mi mujer a las cuatro de la mañana? Me acerqué al auricular para averiguarlo, pero a punto estaba de descolgar la bocina cuando descubrí junto al aparato un papel amarillento que hacía varios años no veía. Había sido colocado de forma evidente para que lo descubriera. Cinco años atrás Shaden y yo participamos en un retiro conyugal e hicimos una renovación de nuestros votos matrimoniales, leímos y firmamos juntos ese papel pergamino... No supe si lo había dejado ahí para burlarse, para despedirse o para hacerme sentir más humillado por mi tropelía.

Escuché su voz que en el piso inferior hablaba con alguien por teléfono. No tenía caso entrometerme. Si estaba llamando a la policía para acusarme de haberla golpeado, no me defendería y si estaba llamando a su madre... era cosa de ella.

El diálogo que sostuvo fue muy corto. La escuché colgar. Bajé con la excusa de ir a la cocina por algo. Shaden estaba sentada en un sillón de la sala, junto al teléfono. Daan dormía en su regazo...

Pasé de largo simulando no verlos. Cuando regresé de tomar un poco de agua que no apetecía, mis ojos se cruzaron con los de ella. Shaden también me miró. Su rostro se había hinchado un poco; trataba de desinflamar la contusión con una bolsa de hielos. Quise decir que había visto la hoja con la promesa matrimonial de aquel retiro, que estaba muy arrepentido por haberla golpeado... Al momento giré la cara; siempre me enseñaron a no mostrarme débil, a tener la razón. Fue el momento crítico, un momento de silencio en el que pudieron enderezarse los caminos, tal vez si hubiese logrado decir algo, postrarme frente a ella para pedirle perdón, hacerle algún gesto o dejar que las lágrimas salieran, hubiese podido evitar el infierno que vendría después, pero no pude. Regresé a mi cuarto por el equipaje...

A los pocos minutos oí rechinar el pestillo del portón exterior y el motor del automóvil de mi esposa.

Me asomé por la ventana.

Dentro del coche compacto atisbé en el asiento del conductor a Shaden y junto a ella los cabellos negros de mi hijo Daan.

"Perro que ladra no muerde" (por lo menos mientras está ladrando). Yo había hecho todo un teatro amenazando con irme y seguía ahí. Ella no abrió la boca y ya se iba.

Pensé en detenerla, pero me moví muy despacio. Como se mueve la gente atrapada en un episodio depresivo agudo.

Cuando llegué al patio era tarde.

El pequeño automóvil azafranado había dejado el garaje y se alejaba rechinando las llantas por la solitaria calle.

Me quedé dormido en el sillón de la sala donde había visto a Shaden por última vez. Desperté cerca de las diez de la mañana. Inicialmente, creí que todo había sido una grotesca pesadilla, pero al reconocer el lugar, al verme vestido, con zapatos, preso de una migraña impresionante, me di cuenta con tristeza que el desastre era real.

Llamé a la empresa para avisar que no iría a trabajar. Volví a recostarme en el sillón.

Contra toda voluntad, se repetía en mi mente un poema de Bécquer que aprendí muchos años atrás. Me sacudía para alejarlo, pero los versos regresaban al pensamiento como moscos fastidiosos.

Asomaba a sus ojos una lágrima
y a mi labio una frase de perdón;
habló el orgullo y enjugó su llanto
y la frase en mis labios expiró

Yo voy por un camino, ella por otro;
pero al pensar en nuestro mutuo amor,
yo digo aún: "¿por qué callé aquel día?"
y ella dirá: ¿Por qué no lloré yo? (4)

Fue un día mórbido, sombrío. Encendí el televisor y dejé que las horas transcurrieran una tras otra como hipnotizado por un maligno sortilegio. No comí absolutamente nada. Era ya de noche cuando me levanté por un vaso de agua simple. Al pasar junto al espejo del comedor vi mi silueta enjuta y ojerosa. Recordé de pronto que posiblemente al día siguiente me designaran gerente general de mi empresa. ¡Qué ironía! Mi estabilidad emocional se había menoscabado justo en el momento en que me encontraba en la cima de mi carrera.

Apagué el televisor y me fui a la cama. Entre tanta confusión mental tuve la lucidez de colegir que no podía deprimirme al grado de morir inmovilizado. Al día siguiente me presentaría a la oficina. Si lograba ver materializado el sueño de mi ascenso, tal vez la amargura de mi trago familiar se mitigaría un poco con la dulzura de mi éxito profesional...

Pasé la noche dando vueltas en la cama. A las siete de la mañana me levanté con un terrible vacío estomacal. Fui a la cocina para abrir una lata de atún, me la comí directamente del envase. Me metí al baño y me di una ducha... ¡Cómo necesitaba hablar con Daan! ¡Cómo deseaba explicarle que nunca lo abandonaría, que podía contar conmigo aunque su madre y yo viviéramos separados...!

Mecánicamente, sin fijarme en los detalles, terminé de arreglarme, salí de la casa, subí al automóvil y tomé camino rumbo a la empresa.

Mi oficina, aunque pequeña, era bastante privada.

Cerré la puerta y persianas antes de acomodarme en mi sillón ejecutivo a revisar papeles.

Una semana antes, el gerente general de la compañía había renunciado y yo era el candidato principal para ocupar su puesto. Busqué en mis cajones el esquema del discurso que había preparado por si tenía que tomar la palabra y agradecer al Consejo su decisión de elegirme, mas apenas comencé a estudiarlo caí en la cuenta de mi absoluto desánimo. Todavía no se llevaban a cabo las votaciones y ya estaba acariciando la idea de dar discursos...

Arrugué el papel y me froté los ojos con fuerza... Permanecí agachado en actitud abatida sin darme cuenta, hasta que un pequeño ruido cercano me sobresaltó.

Karen, la secretaria parlamentaria de la, hasta ahora, vacante rectoría, me observaba de pie en la puerta.

—Discúlpame por no llamar antes de entrar... —me dijo con su habitual tono dulce.

—No hay cuidado —respondí frotándome la cara.

—David. Dentro de dos horas se realizará la junta de Consejo para elegir al nuevo gerente general. Debes estar puntual.

La miré. Era una mujer en exceso delgada, usaba el cabello recogido, lo que le permitía lucir su cuello especialmente largo, sus rasgos faciales eran un poco toscos pero su forma de hablar le daba un aspecto culto y elegante. No podía calificarse como sensual, sin embargo, a mí me gustaba; siempre que estaba frente a ella me invadía una sensación de magnetismo impresionante. Su voz era suave, sus movimientos delicados, su mirada penetrante, sus comentarios agudos. Veía en esa chica una claridad de pensamiento que mi esposa no tenía y una hermosa identificación de caracteres.

—¿Qué te pasa? —me dijo—. ¿Estabas llorando?

—No. —Busqué un pañuelo en mi bolsillo—. No es nada...

Empujó la puerta de mi despacho lentamente y puso seguro por dentro. Las persianas estaban cerradas, de modo que quedamos en absoluta intimidad.

—Cuéntame —se sentó frente a mí con gesto de genuina preocupación—. ¿Otra vez tienes problemas en tu casa?

—Sí... Pero esta vez son graves. Tal vez definitivos...

Permaneció contemplándome tiernamente. Diríase que mi dolor le dolía. Karen era una compañera muy especial, divorciada, sin hijos; llevaba trabajando en la empresa cerca de un año y desde que nos conocimos se había dado, sin que ninguno lo provocara, una intimidad singular.

—Ojalá mi esposa fuera como tú... —le dije. Sus ojos brillaron con bondad; al ver su expresión enternecida agregué—: Ojalá **tú** fueras mi esposa...

Karen tomó el papel arrugado que contenía el borrador de mi discurso y comenzó a alisarlo sobre la mesa.

—Pase lo que pase —susurró casi en secreto—, quiero que sepas que cuentas conmigo incondicionalmente.

En realidad apreciaba a esa mujer, pero nunca reparé en que, además de una límpida amistad, podía existir entre nosotros otra cosa... Esa mañana la atracción nos envolvió como una llovizna imperceptible y cuando nos dimos cuenta, ya estábamos empapados.

El verla frente a mí, pretendiendo darme ánimos, lejos de ayudarme, me perjudicó. Vivir cerca de una amiga como ella era lo que yo necesitaba, lo que me hacía falta. ¡Cómo apreciaba a esa dulce e inteligente joven! ¿Por qué la conocí ya casado? Las lágrimas bordearon mis párpados; me puse de pie. Karen también lo hizo. No había mala intención de ninguna de las partes, simplemente el acercamiento se dio. Me refugié en sus brazos y ella me estrechó con ternura. Fue maravilloso sentir su calor, su preocupación por mí.

Le hablé al oído, titubeando como un adolescente que se declara, quizá para comprobarme a mí mismo que aún era capaz de amar y ser amado...

—Gracias, Karen... Eres una gran mujer... Yo siempre te he admirado... He luchado contra eso, porque existen normas. Pero ya no me importan —dejé de abrazarla para tomarla de las manos, me observó callada—. ¿Sabes? —continué—. Jamás lo había aceptado abiertamente pero... te quiero mucho...

No se asustó, ni se incomodó.

—Tal vez dentro de un par de horas —respondió—, seas ascendido a gerente general y por consiguiente yo me convierta en tu secretaria...

—Eso me pone aún más nervioso...

Nuestras miradas cruzaron mensajes tácitos de una química incontrolable.

—Yo también te quiero David... —aventuró con los ojos muy abiertos y el rostro ligeramente encendido.

Agaché la cabeza y me tapé la frente con el puño de la mano izquierda... Un paso más y nada podría detener la reacción en cadena del episodio sensual...

Apartó el puño de mi rostro con un movimiento suave.

La observé en silencio... Es increíble la forma en que la mente puede analizar posibilidades y evaluar circunstancias provocando en el cuerpo una exaltación enorme, sin que físicamente haya ocurrido nada aún... El abrazo se repitió solo... Nos enlazamos muy fuerte y casi sin permitir lugar al raciocinio nuestros labios se juntaron. Fue un beso largo, apasionado, como el que hacía años no le daba a mi esposa, pero lo más increíble es que me excitó tanto como en los remotos días de la mocedad en los que era todo un reto acercarse a las chicas...

Nos separamos después de un rato. Me tomó la mano derecha y la colocó sobre su largo cuello para que la acariciara...

Lo hice muy suavemente. No había ninguna prisa...

Ella cerró los ojos y movió la cabeza en círculos.

Al tocarla, susurré que me sentía muy solo...

Era verdad...

Lo curioso era que en la antevíspera no pude decirle lo mismo a mi esposa...

Deslicé lentamente la mano derecha hasta su cintura, rozando su blusa levemente como el artista que dibuja el cuerpo de su modelo....

Escuchamos ruidos en el exterior.

Me aparté de inmediato.

—La puerta está bien cerrada —murmuró. Se recargó en el escritorio echando el cuerpo hacia atrás extendiéndome los brazos.

La miré sin moverme.

Para mí la sesión había terminado. Esta vez estaba realmente confundido. Cuando el hombre experimenta simplemente atracción sexual ilícita, puede tratarse de algo pasajero, porque sus sentimientos están intactos, pero cuando la pasión se combina con intensos sentimientos de afecto y ternura, se trata de algo sumamente peligroso. Lo entendí y quise alejarme para tratar de reflexionar a solas, pero ella me tomó de la mano y me atrajo para que recargara mi cuerpo en el de ella.

Sus ojos profundos se clavaron en mi rostro. Con la voz más dulce y suave que haya escuchado, con la mirada más intensa y deseosa que haya visto, me dijo:

—Llévame a un lugar privado... —Después de unos segundos completó—. Déjame darte la paz que necesitas...

No era una petición. No era un deseo. Era una orden, como la que puede dar una ninfa a su víctima humana indefensa...

Moví la cabeza en señal de promesa... Tal vez después de la junta...

Nos besamos nuevamente con pasión desenfrenada.

Destrabé el seguro de la oficina y volví a mi sillón ejecutivo...

En la sala de reuniones había un ambiente tenso y silencioso. Para el puesto de gerente general competía con otros tres jefes intermedios: un ingeniero de grandes aptitudes, un licenciado en finanzas extremadamente rígido y una contadora joven e inexperta. Los primeros dos eran rivales interesantes, en cuanto a la tercera no augurábamos mucho, simplemente nadie se explicaba cómo siendo mujer había llegado tan alto.

La enorme mesa rectangular brillaba esa mañana como si hubiese sido barnizada recientemente. Además de los cuatro postulantes, estaban sentados alrededor de ella el presidente de la compañía, los ocho miembros del Consejo Directivo, que eran a su vez accionistas de la empresa y las dos secretarias parlamentarias que formularían los acuerdos.

Esa reunión significaba el clímax de mi carrera, el fin de muchos años de lucha por el poder y competencia encarnizada para llegar a la cima.

El presidente de la compañía, un hombre maduro de rostro rojizo y cabello escaso a quien todos conocían como el Doctor Vallés, una vez hechas las presentaciones y formalidades de protocolo propias de toda asamblea extraordinaria y de aclarar las razones por las que el anterior gerente se retiraba del cargo, continuó la sesión usando un tono de familiaridad y sencillez.

—Quiero recordarle a nuestro Consejo, antes de comenzar, que los cuatro candidatos a ocupar el puesto de gerente general son técnicamente aptos. Cualquiera de ellos desempeñaría la función operativa con eficacia. Por lo tanto, quiero que cuidemos, sobre todo, los aspectos humanos para decidir. No me gustaría que se elija un "currículum" como director. Necesitamos a un verdadero líder.

Los comentarios del anciano me pusieron nervioso. ¿A dónde quería ir?

—Ustedes conocen que los tiempos han cambiado —continuó— ahora se sabe que los mejores y más productivos empleados no son quienes tienen su vida personal deshecha y se entregan al trabajo con amargura para olvidarse de sus penas; la verdadera calidad y rendimiento se da sólo en gente realizada, plena y feliz. Nadie puede gobernar con cordura y equilibrio su trabajo si no ha logrado gobernar su vida como la empresa más elemental e importante. Es del dominio mundial en las altas esferas de mando que en esta era ya no ganan los tramposos, evasores y desleales: ¡En el siglo XXI sobrevivirán sólo las empresas ETICAS, cuya calidad comienza primero con su gente!

Hizo una larga pausa. Las manos me sudaban copiosamente. Karen levantó ligeramente la vista para mirarme. La ignoré... ¿Es que acaso el decano había tenido noticias de cuanto estaba ocurriéndome, en la que él llamaba "la empresa más elemental e importante"? ¿Se trataba acaso de un plan estructurado para eliminarme? Era una gran mentira declarar que cualquiera de los candidatos desempeñaría bien la función operativa. ¡Todos en esa mesa sabían que yo era la única persona con la preparación y experiencia ideal para el puesto! No podían eliminarme a menos que se basaran en cuestiones personales.

El anciano director de Consejo continuó:

—Nuestro procedimiento de elección será sencillo. Cada uno de los cuatro gerentes intermedios llenará esta forma para evaluarse a sí mismo y evaluar a sus tres compañeros describiendo ampliamente lo que conocen de ellos en el aspecto humano. Concluirán, por escrito también, a quién elegirían para el puesto y por qué. Luego saldrán de la sala y el Consejo Directivo deliberará a solas.

Hubo un rumor prolongado. Eso era definitivamente un complot. ¿De qué me había servido ser siempre tan exacto en mis cálculos, tan suspicaz en mis proyectos financieros, si al momento decisivo para subir el escaño clave, iban a elegir al más simpático?

Se repitió en mi mente una pregunta que en otras ocasiones me había asaltado ¿Qué vale más en la vida? ¿El trabajo o las influencias, el profesionalismo o las buenas relaciones? Siempre navegué con la bandera de que lo principal son los hechos y no los conocidos. En ese momento me pareció una conclusión precaria...

Miré a mi alrededor para tratar de controlar la aprensión. Mi vista se fijó en un cuadro histórico del APOLO XI al momento de su lanzamiento en Cabo Cañaveral. Mis ojos se perdieron en la antigua fotografía. Había algo en ella que me hipnotizaba.

Un cohete no puede ponerse en órbita sin la ayuda de un lanzador, que es otro pequeño artefacto que explota y posteriormente se desprende. Ahí estaba la respuesta. Yo tenía la inteligencia, la capacidad, la energía para desempeñar el puesto, pero necesitaba un lanzador que me pusiera en órbita. Ese lanzador era la gente... Es importante la capacidad técnica, pero la fuerza propulsora inicial está dada por nuestras buenas relaciones humanas. Las personas y no los conocimientos son, en principio, quienes nos abren las puertas, quienes nos promueven, apoyan e impulsan...

Pasaron unas hojas impresas con preguntas preestablecidas que debíamos llenar para valorar a nuestros rivales. Las revisé molesto. El encabezado de la carpeta decía "Apreciación de CALIDAD".

Eso era demasiado. Me puse de pie y dejé caer la carpeta sobre la mesa con energía.

—¿Apreciación de calidad? —protesté—. No me gusta este ejercicio. Me da la impresión de que se nos trata de tasar como productos de consumo.

Hubo un silencio cortante. Mi comentario había hecho parecer ridículo al presidente corporativo.

Todos lo miraron.

Tres

Calidad humana

El anciano se encaró conmigo y profirió lentamente:

—Supongo que habrá leído el artículo de Calidad Humana que se publicó en la gaceta del viernes, ¿verdad?

—No doctor... No la leí.

—Pues nuestra empresa pretende, por su nueva filosofía, tener exclusivamente gerentes de esa clase.

—Le repito que no leí el artículo —dije con excesiva cortesía—. Ignoro de qué habla señor.

Fui atisbado por los presentes como lo hubiera sido un niño de secundaria que insiste en salir al baño en pleno examen. No me dejé intimidar. Les devolví la mirada fríamente.

—Bien —declaró el hombre con mesura—. Tome asiento. El primer punto que revela la calidad de una persona, tal cual se especifica en el cuadro impreso que repartimos, es **SU TRATO**. EL ser humano que más vale da un TRATO SENCILLO Y NO-BLE... —se detuvo unos instantes para que no hubiese duda en el concepto —. ¿Les ha tocado hablar con alguien que mientras los oye hace otras cosas? ¿Han negociado con funcionarios a los que les gusta ser adulados y tratados como faraones? ¿Gente que por tener un poco de poder actúa como si fueran los elegidos de Dios? ¿Gente que nos mira de arriba a abajo y que procura hacernos sentir inferiores? Con frecuencia nos topamos con ellos... Personas de última categoría que a veces ocupan puestos de primera. Basura humana señores. Entiendan esto. Mientras más valioso es un individuo más sencillo es, no importa que posición ocupe o cuanto dinero tenga. Quien posee la cualidad básica de dar un TRATO SENCILLO Y NOBLE, jamás pasa de largo frente a ti fingiendo no conocerte, comparte el pan tanto en los sitios más humildes como en los más opulentos, le fascina jugar con los niños, conversa amenamente con ancianos, enfermos o marginados, ayuda a los que están abajo sin ufanarse, poniéndose a su nivel.... Quien da un TRATO SENCILLO Y NOBLE hace que los demás se sientan cómodos a su lado, como cuando se está con un amigo. ¿Viven ustedes de esa forma? No hay nadie mejor que sus compañeros de trabajo y sus familiares para decirlo.

Agaché la cara... Ciertamente las elecciones se estaban complicando y el anhelado puesto de gerente general desvaneciendo.

Sin querer recordé que cuando mi esposa tuvo su segundo embarazo fallido, insistía en cambiar de ginecólogo. Reñimos mucho porque ella decía que el nuevo doctor era más competente que el anterior; yo sólo sabía que cobraba el doble de honorarios. Cuando la acompañé a consulta, me di cuenta en qué consistía la "competencia" del nuevo médico: El tipo suspendía su trabajo para escuchar a Shaden con la paciencia y atención de quien dispone de todo el tiempo del mundo, contestaba detalladamente sus preguntas, la hacía sentir en absoluta confianza. El doctor anterior, en cambio, era más parco, de pocas palabras, frío, apresurado y en ocasiones sarcástico; se burlaba un poco de nuestra ignorancia y nos trataba como inferiores a él. Huelga aclarar cuál de ellos tenía una cartera de pacientes más grande... La mayoría de la gente no estamos preparados para medir la CALIDAD PROFESIONAL de los especialistas, pero cualquier persona está capacitada para evaluar la CALIDAD HUMANA y es evidente que muchos preferimos pagar más, con tal de recibir mejores modales.

—¿Quién de los cuatro candidatos tiene el trato más sencillo y noble? —preguntó el presidente. La pregunta flotó en el aire. Definitivamente yo no...

—El segundo punto a anotar en sus evaluaciones de calidad humana es la **CONFIABILIDAD**. Las personas que más valen son las más confiables...

"Confiables... Confiables... Confiables..."

La palabra se repitió en mi mente como si en el salón hubiera eco.

—¿Qué características tiene la persona a la que pueden entregar su confianza absoluta? No piensen mucho. Lo diremos de una forma muy simple: Sólo podemos confiar en quien sea incapaz de traicionarnos, en quien, sabemos, no dirá nuestros secretos ni hablará mal de nosotros, en gente honesta que le gusta decirnos las cosas cara a cara... Suena fácil, pero no abundan personas así. Los años nos enseñan esto. Muchos amigos son aparentemente confiables, nos dan incluso un trato sencillo y noble, pero al estar lejos hablan con suspicacia de nosotros y nos traicionan a su conveniencia. ¿Cómo nos damos cuenta entonces que una persona es confiable? Muy sencillo. Jamás cuenta asuntos negativos de otros, no accede, ni por excepción, a decirnos los secretos de los demás... Es así de fácil. Cuando alguien aprovecha toda oportunidad para difundir los errores y tropiezos de sus conocidos, cuando lo vemos quejarse de todo y por todo, cuando nos propone acciones que perjudicarán a alguien más, estamos ante una persona poco confiable. Es el sujeto que será tu amigo sólo mientras le sirvas de algo y que hablará mal de ti a tus espaldas. Los gerentes de esta empresa deben aquilatar entre sus virtudes principales la CONFIABILIDAD. Yo prefiero tener un equipo menos competente pero más confiable, menos experto, pero con la camiseta puesta. Deben estar seguros que el líder electo hoy es una persona que no se aprovechará de cuanto le digas para su beneficio, que no se alegrará de pregonar las malas noticias, que no venderá tus secretos aunque alguien le pague más... ¿Quién de los cuatro candidatos cumple mejor este requisito?

Me sentía flotando en las nubes por la aprensión... En esa sala varios me habían oído hablar de la "bola de brutos" que teníamos en el departamento de ventas.

Volteé a ver a Karen como tratando mentalmente de escapar. Estaba cruzada de piernas junto al presidente. Era una mujer muy bella. Mi mente fantaseó con el deseo de estar nuevamente con ella y hacer lo que me pidió... El dejarme llevar en esos momentos por la enajenación de mis instintos poco confiables me proporcionó un íntimo consuelo al comprender que estaba a punto de fracasar en mi más grande aspiración profesional.

—El tercer punto para determinar la calidad humana de una persona es su **POSITIVISMO.** Las personas que más valen son positivas —declaró el presidente corporativo—. Aunque les vaya mal y el ambiente sea hostil, siguen optimistas, bromeando y con deseos de seguir luchando... Las personas positivas no desertan; se caen, pero se levantan una y otra vez hasta lograr sus anhelos.

»Todos poseemos dos cristales a través de los cuales podemos mirar hacia el exterior, uno transparente y otro turbio... Si estás acostumbrado a ver por el cristal turbio eres una persona negativa, todo te desagrada, no brindas ayuda gratuita ni toleras que te llamen la atención por tu conducta. A las personas negativas las estiman pocos... Es una ley natural. Recuerda, por ejemplo, a aquel que te desagrada sobremanera, aquel con quien no te has podido identificar y por quien sientes rechazo; seguramente ese individuo también experimenta desagrado y repulsión por ti. Es una ley natural —repitió—. Piensa mal de los demás y muy pronto van a pensar mal de ti, por el contrario, piensa sinceramente bien de alguien, busca sus cualidades y aprende a quererlo y verás cómo esa persona también terminará queriéndote.

Vallés se detuvo mirando a su reducido y selecto auditorio.

—Ser positivo es difícil —murmuré como para mí.

—Nadie dijo que era fácil... —increpó—. Por eso son tan escasas las personas de alta calidad humana. Imaginen, por ejemplo esta escena: Un adolescente llega a su casa con dos horas de retraso, el padre, quien le había advertido que volviera temprano, está en la puerta furioso esperándolo y le reclama con verdadero enojo, el muchacho contesta que no le fue posible salirse antes de la fiesta, la discusión sube de tono, el padre se pone furioso echándole en cara que es un inconsciente, desobligado y malagradecido, pues ni siquiera llamó por teléfono para que en su casa no se preocuparan, el hijo termina con la desagradable escena retirándose a su cuarto a dormir. En este punto se determina la calidad humana del joven. Dentro de su habitación, puede analizar las cosas desde dos diferentes puntos de vista:

»Número uno. Sintonizando su mente en el canal negativo dirá: *"Este tipo no me entiende, ya se le olvidó que también fue joven, es un engreído autoritario que sólo quiere molestarme, no lo soporto, ¡cómo me gustaría largarme de esta casa y darle una lección!..."* A la mañana siguiente se levantará y pasará junto a su padre sin saludarlo, actuando conforme a sus pensamientos; el enojo continuará y el conflicto se complicará con más hostilidades mutuas....

»Número dos. El joven tiene la opción de sintonizar su mente en el canal positivo. Dirá *"Caray, no me gusta la forma que tiene el viejo de reprenderme, pero lo hace porque me ama, porque le intereso, si no fuera así, lo hubiera encontrado dormido y despreocupado. No cabe duda que quiere lo mejor para mí, ¿cómo pude ser tan descuidado de no llamar? Ni modo, merezco que me haya regañado".* A la mañana siguiente el joven saldrá de su recámara, saludará sonriendo con agrado a su padre y él le contestará con la misma tranquilidad; no pasó nada entre ellos y si pasó, ya se olvidó...

»Todos poseemos cosas buenas y malas. Concéntrate en las malas y verás que muy pronto detestarás a la persona con la que convives y ésta, como correspondencia natural, también te detestará a ti... Funciona a todos los niveles, en un salón de clases, entre alumno y profesor, en una oficina entre gerente y supervisor y en un matrimonio entre los cónyuges. Un vendedor profesional muy destacado a nivel mundial decía: *"Mi secreto consiste en que antes de llegar me concentro en las cualidades de la persona que voy a visitar. Estando en su oficina ignoro los detalles que me desagradan, los justifico mentalmente y procuro hacerme una buena idea de mi cliente, me esfuerzo por admirarlo, apreciarlo, comprenderlo, quererlo. Es fácil; todo es cuestión de concentrarse en lo bueno. El cliente percibe mi agrado sincero y deja de estar a la defensiva"*. Esta cualidad funciona hasta con las cosas. Piensa en todos los defectos del coche que tienes y acabarás detestándolo, descuidándolo y avergonzándote de él; en cambio concéntrate en lo bueno del automóvil, en el servicio que te da, en lo útil que es y aprenderás a quererlo, lo cuidarás y te sentirás a gusto conduciéndolo. Ser positivo es buscar lo bueno de todo, es no dejarse influenciar por las opiniones corrosivas de los demás. ¿Cuántas veces nos han hablado mal de una persona ausente y nosotros, dejándonos llevar por las habladurías, tomamos partido de inmediato? Cambiamos de forma de pensar y de sentir respecto a un ser humano más por lo que nos dicen de él que por lo que personalmente vivimos con él. Este fenómeno es muy común; divide comunidades fraternas, religiosas y familiares.

»Si un amigo se enemista con otro, no te alíes con ninguno. Di simplemente: "Siento mucho lo que te hizo, pero a mí no me ha hecho nada y lo sigo apreciando igual..."

Hizo una pausa para tomar agua y concluir:

—En este orden de ideas, anotarán en su hoja quién de los cuatro candidatos consideran más positivo.

La recepcionista que se hallaba en el umbral de la puerta aprovechó la pausa para hacerme llegar una pequeña nota. La leí de inmediato.

"Contador David Arias: Dos hombres lo esperan afuera. Dicen que es un asunto urgente".

Tardé unos minutos en reaccionar pues era verdaderamente inusual que la recepcionista permitiera la interrupción de una asamblea de Consejo. ¿Qué asunto podía ser tan urgente y por qué no lo mencionaba en la tarjeta?

Me fue imposible abandonar la sala, pues el doctor Vallés continuó explicando el último de los puntos a evaluar y tuve que esperar hasta el final de su disertación para ponerme de pie y salir a averiguar quién me buscaba.

— Las personas que valen más, —concluyó el anciano—, **SON GENEROSAS**, constantemente AYUDAN a otros, y hallan el equilibrio entre dar y tener. La gente detallista es estimada, así como los mezquinos egoístas son aborrecidos. Piensen en aquel familiar, tío, madre, abuela, amigo, que siempre que puede, brinda ayuda. Todos tienen algo que agradecerles; alrededor de la gente buena giran familias enteras, cuando ellos fallecen, muchas vidas se afectan porque eran fuente de amor y bondad de la que otros se nutrían...

»Vean los negocios que prosperan. Dan un poco más que los demás por el mismo costo. Siempre tienen algo adicional, un extra, una ganancia para el cliente. Proporcionar servicio real, trabajar más de lo que estipula el contrato, en ocasiones puede parecer injusto, pero quien lo hace resulta doblemente beneficiado.

»Queremos un gerente de ese corte ideológico: Un poco altruista, un poco soñador, convencido de que va a cambiar la empresa para bien, que la calidad bajará a todos los niveles jerárquicos y llegará al cliente. Queremos a alguien que no tase todos sus actos en pesos y centavos, alguien que tenga la calidad humana de dar...

»¿Quién de los cuatro candidatos es el más generoso?

Las miradas fijas estaban detenidas en el rostro del presidente. Su exégesis había sido tan rotunda que no dio lugar a preguntas.

Me puse de pie suspirando mientras los demás compañeros llenaban sus fichas de evaluación. No cabía duda que mi candidatura estaba perdida... Ante tan peculiares cortapisas no tenía nada que hacer ahí...

— Permiso —me disculpé—, ahora vuelvo.

En la recepción había dos hombres jóvenes vestidos con trajes oscuros.

—¿Quién me buscaba? —pregunté a la recepcionista para obligarla a presentarme a los aludidos.

—El licenciado Ramírez y el licenciado Pérez. Dicen ser abogados de su esposa.

Enfado y miedo convergieron en mi mente como un flashazo de neón.

—¿En qué puedo servirles señores?

—Venimos a entregarle un convenio de divorcio que debe analizar y firmar para abreviar los trámites. El citatorio del juez le llegará muy pronto.

Si los ojos mataran, ambos sujetos hubiesen caído fulminados al momento.

—Esta rapidez significa que la muy... —me mordí el labio—. Ella, ya tenía todo arreglado desde hace tiempo...

—Revise los términos del acuerdo y firme las actas aquí y aquí. Mañana vendremos como a esta hora a recoger el expediente.

Los tipos me alargaron una carpeta y yo la tomé trabado por la ira y la humillación.

No di las gracias ni me despedí de los abogados.

Entré a la sala nuevamente. Mi palidez debió ser manifiesta porque el presidente preguntó si todo estaba bien.

—No —contesté—, me avisaron de un problema y tengo que retirarme.

—Pero usted no puede irse. Si es electo deberá estar presente para recibir el puesto.

—No lo seré —aventuré—. Cualquiera de mis tres compañeros resultará más sencillo, confiable, positivo y generoso. Yo sólo soy un buen contador. De todos modos agradezco que se hayan fijado en mí.

No esperé una respuesta. Recogí mis cosas y me retiré con una vehemencia que dejó a todos en silencio.

Me subí al automóvil dispuesto a emprender el largo camino a la casa de mis suegros. ¿En dónde más podía haberse refugiado Shaden? Si ella desde hacía tiempo estaba planeando nuestra separación, había llegado el momento de demostrarle que yo también sabía jugar sucio.

Me hallaba mucho más lejos del puesto directivo de lo que jamás pensé. ¡Qué importaba! Sólo necesitaba un descuido de Shaden para voltearles la jugada y hacerlos temblar.

La guerra con mi esposa había comenzado.

Cuatro

El placer de servir.

La sinuosa carretera de doble circulación me pareció más larga y peligrosa que de costumbre. El trayecto que debía recorrer era al menos de una hora. Los padres de mi esposa vivían en una pequeña residencia campestre ubicada a setenta kilómetros de la ciudad; cerca de su morada había un lago en el que algunos excursionistas solían pescar y remar en pequeños botes de fibra de vidrio.

Manejando hacia el lugar iba hablando en voz alta. Mi enojo principal no era contra mí, ni contra Shaden, sino contra Dios.

"¿En qué pensabas Señor cuando permitiste que este caos se apoderara de mi hogar? No creo en el azar. Hay demasiada perfección en la naturaleza, en el reino vegetal y animal, en el mundo microscópico, en el universo entero para suponer que todo es obra de la casualidad. No creo en ella. No creo en destinos nefastos ni en mala suerte. Creo en ti Señor, creo que

de alguna forma tú piensas las cosas antes de que ocurran y nosotros formamos parte de tus sueños... ¿Por qué si sabías que ella y yo no funcionaríamos bien juntos, permitiste nuestra unión? ¿Por qué no usaste alguna señal para que nos detuviéramos a tiempo? ¡Antes de llegar a esto..!"

Conduje a la mayor velocidad posible. Tenía prisa por llegar, urgencia de hablar con Shaden. Si nuestro vínculo matrimonial se deshacía, yo me quedaría con Daan. Ella tenía que saberlo antes de seguir, porque ya entrados en pleitos no me detendría ante nada, le quitaría al niño a costa de cualquier cosa, por la buena o por la mala; invertiría hasta el último centavo... Estaba decidido a devolver doblemente mal por mal, pero sobre todo estaba decidido a salvarme a mí mismo. Yo era un desdichado cuya existencia colgaba en un precipicio y mi hijo era la única raíz de la que iba a poder asirme para no caer.

Desaceleré al mirar que la aguja del velocímetro se movía dentro de la zona roja de peligro.

Aún no cabía en mi entendimiento la magnitud del cisma que estaba viviendo. Es cierto que algunas veces exploré la posibilidad de abandonar a mi mujer, pero jamás, ni en mis más repugnantes pesadillas, visualicé el drama de ser abandonado por ella.

Llegué a la casa de mis suegros cerca de las siete de la noche. El automóvil de Shaden no estaba. Me bajé del mío sin pensarlo dos veces y toqué el timbre.

La cabaña parecía más descuidada y vieja que otras veces.

Volví a tocar.

Mi hijo Daan abrió la puerta. Durante unos segundos nos miramos como tratando de adivinar mutuamente los pensamientos del otro. Después agachó la cara con la inteligente timidez que le caracterizaba... Adiviné en su gesto indeciso cuán necesitado estaba de recuperar un poco de coherencia.

—Pasa papá...

Quise abrazarlo, pero me limité a acariciar su negro cabello lacio en un gesto de compañerismo varonil.

—¿Por qué...? —articuló con su vocecilla diáfana.

Me encogí de hombros.

—Ni yo mismo lo sé... —susurré.

El chiquillo movió la cabeza y se quedó mirándome como si se sintiera el responsable de lo que estaba pasando.

—Mamá está muy extraña —dijo después—. Por favor, ya no te pelees más con ella...

Frío, inerme, tartamudeé y luego simplemente callé.

—¿Cuándo volveremos todos a nuestra casa?

Un fantasma me apretaba la garganta.

—Te prometo que pronto...

En ese instante apareció mi suegro, con su habitual rostro seco de aspecto aristocrático, enfundado en la bata marrón de seda que solía usar desde que lo conocí.

Me erguí para tenderle la mano.

—Necesito hablar con usted, señor.

Asintió sin responder a mi saludo ni hacer el más mínimo ademán de bienvenida. Caminó hacia la sala. Lo seguí. Al momento apareció su esposa. La señora se quedó asombrada por mi presencia y con mucha cautela, como un animal temeroso de ser agredido y listo para atacar se acercó.

—Quiero, en primer lugar, pedirles una disculpa por la forma en que he tratado a su hija. He sido un patán...

Estábamos de pie, listos para sentarnos, pero sus gestos estáticos e inexpresivos no daban lugar al relajamiento.

Vi sobre la mesa un montón de fotografías recién reveladas.

—A veces me cuesta mucho trabajo controlarme —continué— y no mido mis palabras...

—Ni sus golpes... —completó el padre de mi esposa.

Hubo un silencio helado.

—Shaden ha decidido separarse de usted —intervino la señora.

¿Cuántas veces y en qué tono tenían que decírmelo? No pude argumentar nada ante tal afirmación.

—Quisiera poder hablar con ella..

—Hablarán en su momento —señaló la madre con ampulosidad—. De eso puede estar seguro... Mientras tanto, le suplico que se mantenga alejado de esta casa...

Asentí lentamente.

La entrevista había sido breve y concisa.

Di la media vuelta y me dirigí a la puerta.

—¿Ella no está? —insistí antes de girar el picaporte.

Tardaron en contestar, se miraron entre sí como indecisos de comunicarme algo que sabían. Finalmente mi suegro declaró:

—No. Y no la espere porque no vendrá a dormir...

Así era de simple y evidente. Ellos fungían como alcahuetes de una nueva aventura amorosa de mi esposa. Me cuestioné si ésta se habría fraguado a raíz de nuestra última desavenencia o ya se venía cocinando con autorización de los señores desde meses antes...

—¿Y el niño? —pregunté—. ¿Por cuánto tiempo estará aquí?

—Hasta que Shaden lo disponga —especificó instantáneamente la señora—. Usted sabe que en esta casa somos muy creyentes. Por varios días nos estará visitando un sacerdote para hablar con Daan hasta que vaya asimilando el divorcio de sus padres sin traumatismos.

Sonreí con coraje. Yo también era creyente pero esa prepotencia me hizo recuperar el valor. Vi a mi suegra como una cínica farisea. Su arrogancia me dio asco. Era la historia más vieja de la humanidad: Ciertos religiosos cuadrados y egocéntricos juegan con el concepto de Dios para condenar a otros. Una clara tristeza me invadió también al comprender que otra persona estaba hablando con mi hijo para ayudarlo, cuando lo que el niño necesitaba era a sus padres.

Vi nuevamente el montón de fotografías y me agaché tomándolo. Mi suegra saltó sobre mí para quitármelo. No se lo di. Comencé a pasar las ilustraciones con rapidez buscando algo, cualquier evidencia de lo que sospechaba...

—¡Devuélvame eso inmediatamente!

Entonces lo encontré. En una de las imágenes estampadas se hallaba mi esposa abrazando a un sujeto desconocido. Un joven delgado, con anteojos y barba . Me erguí encolerizado. ¿Quién era ese tipo? ¿Por qué si la fotografía había sido tomada recientemente yo no lo conocía?

Eché el retrato a mi bolsa y sentí un enorme impulso de insultar, golpear, escarnecer a mis suegros, pero me contuve.

—Me llevo esto como prueba.

Los ancianos debieron leer en mi rostro algo muy peligroso, porque ninguno se movió ni dijo nada más al verme salir. Abrí la puerta y jalé hacia mí el aldabón mientras caminaba provocando un portazo tremendo.

Junto al automóvil estaba parado Daan. Ni mis suegros ni yo nos percatamos de que había salido al patio.

—Abrázame —le dije agachándome para despedirme de él.

—No me gusta estar aquí papá.

Quedé prendido y suspenso ante su firme comentario.

—¿Te irías conmigo?

—Sí...

No lo dudé ni un segundo.

Abrí la portezuela del automóvil y lo cargué para acomodarlo con rapidez.

La luz del exterior de la casa se encendió y al momento salieron los viejos corriendo, gritando y agitando las manos.

Salté al volante y encendí el motor. Los señores se aproximaron a pasos gimnásticos. La mujer llegó casi a interponerse en el camino del coche, pero le faltaron unos metros. Aceleré por la carretera llevando a mi hijo. Nadie iba a poder quitármelo, me dije, aunque me fuera la vida en ello.

Cuando llegamos a la ciudad, el niño iba ya dormido. Fui directo a la casa a recoger ropa del pequeño y mía. Por fortuna mi maleta estaba lista ya desde dos días antes. Con gran nerviosismo eché las cosas al coche. Estar en ese sitio era muy peligroso, pues sería el primero en el que nos buscarían.

Mientras se definían las cosas, deseaba proporcionarle a Daan un lugar agradable, de modo que me trasladé al hotel más lujoso de la zona. Alquilé una habitación doble cerca de los jardines y las albercas.

Cargué al chiquillo y lo acomodé en su cama. Antes de dormir estuve contemplando su rostro dulce, su respiración acompasada y tenue, embelesado por tanta inocencia y perfección...

¿Qué culpa tienen los niños de las tonterías de los adultos? Ahí estaba mi hijo. Secuestrado por su padre. Arrancado violentamente de la paz natural de su hogar... Lejos de una madre que exploraba nuevas aventuras... Un pequeño ser humano, terriblemente necesitado de amor, confianza y respeto. Qué injusto parecía. Los niños cargan con las frustraciones, los pleitos conyugales y las creencias, buenas o malas, de sus padres... Siempre están dispuestos a perdonar, a darnos otra oportunidad y aunque les volvamos a fallar, en la noche cierran los ojos y nos muestran, al dormir con su angelical postura, lo vulnerables que son, la forma en que dependen de nosotros, la manera incondicional en que nos aman...

Acaricié la frente de Daniel, me puse de rodillas y encogí la cabeza mordiéndome fuertemente el antebrazo para detener el llanto...

Al día siguiente a primera hora fuimos al hospital de neurología. Revisaron a Daan exhaustivamente y los resultados de su encefalograma arrojaron ciertas alteraciones raras. Los médicos consideraron pertinente hacer un cultivo de su líquido encefalorraquídeo para descartar cualquier posibilidad de encefalitis. La punción lumbar que le hicieron fue muy dolorosa y al salir del hospital, el niño me suplicó que no lo dejara solo en el hotel.

—Debo ir a mi trabajo —le dije—, tengo una junta a la que no puedo faltar. Me tomará sólo un par de horas, ¿quieres acompañarme?

—Sí papá. Por favor...

En cuanto entramos Daan y yo a las oficinas, se me informó que Janette, la contadora joven e inexperta, había sido electa gerente general. Percibí las miradas indiscretas, sarcásticas y burlonas. Algunas secretarias saludaron a mi hijo con mucho cariño y le ofrecieron dulces. Hallé en mi escritorio el esperado memorándum en el que se indicaba que los siete jefes intermedios estábamos citados en el despacho de la nueva directora a primera hora.

Arrugué el papel. Ahora nos gobernaría una niña. Era el colmo de los colmos. No conocía su edad, pero seguramente andaba entre los treinticinco y cuarenta años. Muy seria y distinguida, pero una chiquilla al fin. Casada, sin hijos. ¿No habían considerado la posibilidad de que siendo mujer se embarazara y les dejara el puesto? ¡Qué decisión tan incomprensible! O la dama poseía una calidad humana sobrenatural o tenía relaciones íntimas con los miembros del consejo.

¡Otra vez pensando mal! —me reprendí—. El negativismo era un hábito tan arraigado que no bastaban conceptos de superación para acabar con él, se precisaba disciplina... Miré el reloj. Según el citatorio, la junta había comenzado hacía media hora. Suspiré y me puse de pie encaminándome a la oficina de Janette. Tomé de la mano a Daniel para que me acompañara. Trataría de hallarle el lado bueno a la nueva jefa.

Karen, mi cariñosa amiga, sentada frente a su mesa en la antesala de la oficina gerencial, se levantó alegre al verme llegar con mi hijo. Lo besó con efusividad y lo cargó en brazos.

—Qué bueno que viniste pequeño. Tu papá me ha hablado mucho de ti. Eres más guapo de lo que me imaginé ¿sabes? Te pareces a él —me guiñó un ojo—. Déjalo conmigo —sugirió—, la junta ya empezó.

Cuando entré al lugar, me percaté avergonzado que estaban todos reunidos esperándome. Tomé asiento en la última silla del rincón y me disculpé parcamente.

La oficina del gerente general se veía igual, con la diferencia de algunos detalles casi imperceptibles que le daban un aire más acogedor: Flores en la repisa, música suave, y un par de cuadros nuevos.

Frente al despacho se hallaba la sala de juntas, pero Janette prefirió no usarla y dirigir su primera reunión detrás del bello escritorio de caoba, evidentemente para dejar bien establecida su actual jerarquía.

—Quiero confesarles —aclaró en cuanto me acomodé—, que no esperaba ser electa gerente de la empresa... Seguramente ustedes tampoco. He escuchado murmuraciones respecto a si soy familiar de los miembros del consejo o si me acuesto con ellos —movimientos y risas escondidas—. No me importa. Pueden pensar lo que quieran. Unicamente me preocupa el hecho de habérseme confiado un puesto de mucha responsabilidad en el que se requiere gran apoyo. Necesito un equipo de gente comprometida y honesta con la misión de ayudar, gente que tenga un motivo de trabajo más allá de ganar dinero o lograr prestigio...Y sobre todo, que sea capaz de aliarse conmigo olvidando los mitos *machistas*...

Hubo un silencio denso. Nadie había oído antes hablar a Janette así.

—¿A qué te refieres? —le pregunté medio escamado por la palabreja.

—Muchos hombres proclaman que el varón es más competente que la mujer. Como pueden ver, estando una mujer al frente, los que piensen de esa forma nunca podrán cooperar con mis disposiciones. Siempre se sentirán fuera de lugar... por eso es importante poner las cosas en claro desde ahora. La nueva filosofía de nuestra empresa define que auxiliar, desde los estratos más sencillos hasta los más complejos, es la verdadera misión del ser humano; el servicio engrandece y dignifica a la persona. La gente orgullosa que presume de no obedecer a nadie, que jamás hace algo fuera de lo que se espera de ella, que no escucha opiniones ni sugerencias, sólo demuestra, con esa actitud, su complejo de inferioridad. Para dar órdenes acertadas se necesita **ser inteligente**, para obedecerlas con humildad se requiere **ser sabio**; la persona que más vale, como indicó el presidente de la compañía ayer, es la más sencilla, la que puede bajarse de su pedestal para ponerse en los zapatos del otro y servirle como le gustaría ser servido.... Un equipo así necesito. No pretendo usar mi cargo para elevarme, seré la primera en asistir, en trabajar con energía y entusiasmo. Quiero un grupo que esté dispuesto a comprometerse conmigo en la transformación que está a punto de iniciarse.

Me quedé mirando a Janette. Sin querer recordé las conclusiones del señor Vallés el día anterior:

Nuestro gerente debe ser un poco altruista, un poco soñador, convencido de que va a cambiar la empresa para bien, que la calidad bajará a todos los niveles jerárquicos y llegará al cliente.

Me detuve la cabeza aburrido. Esa niña era lo que los dueños querían. Hablaba bonito, pero el tiempo nos demostraría si además de fantasear también sabía manejar las finanzas como el puesto lo exigía.

Se puso de pie para repartirnos personalmente, sendas carpetas engargoladas con más de cincuenta hojas escritas a máquina. Mientras lo hacía, mi mente brincaba del escarnio a la consideración. El idealismo de Janette era pueril pero contagioso. *¿Hacer lo que no se espera que hagamos, servir, ayudar, bajarse al nivel más humilde de trabajo si se requiere, es realmente la actitud grandiosa y fortalecedora que ella dice...?*

No pude evitar rememorar las épocas en que mi matrimonio marchaba viento en popa. Sólo una vez hice algo que por definición no me tocaba hacer: Nuestro hijo tenía tres meses de nacido y como su salud era precaria, pasaba casi toda la noche despierto llorando. Un día me di cuenta que Shaden tenía enormes ojeras y que los desvelos comenzaban a mermar su lucidez. Entonces le ofrecí ayudar a cuidar al niño. Esa noche mi esposa durmió de un hilo, mientras yo me la pasé lidiando con el crío en la oscuridad. Le preparé la fórmula, le administré el biberón, lo hice eructar, lo arrullé, le canté y cambié con enorme torpeza y asco el pañal un par de veces. A la mañana siguiente Shaden me preguntó cómo me había ido, le platiqué mis peripecias y ella se rió mucho, me abrazó y me besó con el mayor cariño que recordaba haber visto en sus ojos desde que éramos novios. Lo curioso es que después de la experiencia me sentí más cerca del bebé, más integrado a mi familia, mejor padre, mejor ser humano...

—¿Nos escuchas contador Arias?

Volví al presente, en una junta en la que se había roto el hielo mientras todos se regodeaban con mi distracción.

—¿Perdón?

—Te estoy pidiendo que leas por favor el párrafo tercero de la página diez en nuestro manual de nueva filosofía.

Las risas y guasas se apagaron poco a poco.

—Claro.

Busqué lo que la joven gerente me pedía y leí en voz alta cuidando mi prosodia:

—*Los empleados verdaderamente imprescindibles son aquellos que buscan solucionar problemas más que coleccionar reclamos; son quienes no les importa trabajar una hora más o arremangarse la camisa para corregir los errores detectados. Un ser humano imprescindible sabe que el servicio es oro, que puede pagarse pero no tiene precio; actúa y se entrega a la vida sin temor a equivocarse, conoce que no será cuanto hizo mal lo que remorderá su conciencia al final de los tiempos, sino todo aquello que pudo hacer y no hizo.*

»Recapacita no en lo malo que has hecho sino en lo bueno que estás dejando de hacer. ¿Sueles llevar regalos a tus seres queridos simplemente porque los amas? ¿Sueles abrazar y besar apasionadamente a tu cónyuge? ¿Ultimamente has jugado con tus hijos, sin prisas y sin máscaras? ¿Hace cuánto no acompañas a tus padres y platicas con ellos como si fueran tus amigos? ¿Hace cuánto no haces algo desinteresadamente?, no por dinero sino simplemente porque formas parte de tu gente y ella de ti, porque la quieres y deseas verla crecer, a pesar de todos los problemas...

»Has experimentado muchos placeres... Experimenta el placer de servir y verás cómo el mundo comienza a reclamarte como un ser imprescindible...

Cerré los apuntes con parsimonia tratando de aparentar indiferencia; lo cierto es que leer esa página me había removido los más hondos sentimientos. La directora general continuó hablando. Revisé detenidamente la carpeta engargolada. ¿Era una recopilación de varios autores? ¿Era una obra comercial? ¿Por qué la empresa nos presentaba esas hojas como su nueva bandera? Cuando examiné las primeras páginas me invadió la envidia, la ira y el desconcierto. Entendí que nuestra jefa fue electa para ese puesto, no por ser familiar ni amante de los miembros del consejo, sino porque el manual titulado "Nueva Filosofía Empresarial" era un proyecto presentado por la autora, Janette Sandri. ¡Ella misma! No pude poner atención a lo que se habló después. Mis compañeros salieron motivados de la junta, yo salí molesto. Los dueños de la compañía habían estado de acuerdo, antes de la reunión extraordinaria, en quién elegirían. Todo había sido un arreglo, ¡por eso encauzaron las votaciones a los puntos de "calidad humana" expuestos en ese manual! ¿Entonces por qué nos hicieron creer que la elección era real? ¡Qué manera de jugar con nosotros!

Salí de la oficina confundido, considerando seriamente la idea de renunciar a la empresa. Karen estaba sentada frente a su computadora y mi hijo dormía plácidamente en el sillón.

—¿Se cansaron de jugar tan pronto? —pregunté.

—No. El pequeño parece enfermo. Me dijo que estaba cansado y que tenía mucho sueño.

—Hace rato le hicieron unos análisis dolorosos. Ha de ser por eso. Voy a llevarlo a mi despacho para trabajar un rato, aprovechando que está dormido.

—Yo te ayudo —se ofreció mi amiga adelantándose con intenciones de prepararme un lugar para el niño.

Levanté a Daan y éste se acomodó recargando su cabeza en mi hombro. Caminé muy despacio por el corredor.

Antes de doblar el último recodo para llegar a mi privado, Karen salió a mi encuentro de regreso, agitada y nerviosa.

—Detente —me alcanzó a decir al punto que me señalaba el espejo de la recepción...

Tardé en captar su desesperado mensaje. Cuando reconocí las siluetas reflejadas en el vidrio casi me fui de espaldas.

Dentro de mi oficina había un policía, junto a él, los abogados de mi esposa acompañados de mis suegros.

Me agazapé contra la pared abrazando muy fuerte al niño para no ser visto y sin darle las gracias a mi amiga, sin despedirme ni dar aviso a nadie, corrí como un loco atravesando la planta. Escapé cual fugitivo por la puerta lateral, esquivando camiones y cajas de productos. Tal vez perdería mi empleo, pero a mi hijo no.

Conduje el automóvil rápidamente, sin precaución. Con tanto ajetreo el niño se despertó diciendo que le dolía la cabeza. Al verlo quejándose tuve la premonición de que algo importante estaba a punto de ocurrir. Era verdad. Lo que pasó esa tarde cambió por completo mi vida.

Cinco

¿Cuánto vale lo que tienes?

Llegando a la recepción del hotel llamé por teléfono al hospital y pedí hablar con el neurocirujano que tomó las pruebas de Daniel para preguntarle si la jaqueca era normal.

—¿El niño tiene fiebre?

—No parece —dije después de tocarlo en la frente.

—Señor Arias. Con el EEG detectamos cierta emisión de impulsos arrítmicos y asimétricos en su cerebro. Es recomendable realizarle una escanografía. El costo de este análisis es muy alto. Se lo digo para que se prepare. Por lo pronto estamos esperando los resultados del cultivo. ¿Dónde puedo localizarlo si tengo algún dato importante?

Le di el teléfono del hotel y deposité la bocina en su sitio con mucha lentitud.

Daniel miraba mi expresión atentamente. Me levanté del sillón y caminé tomándolo de la mano.

—¿Por qué estoy enfermo papá?

—Tuviste problemas al nacer.

—¿Qué problemas?

Atravesamos el cálido vestíbulo sin decir palabra.

—¿Tienes hambre? —pregunté con la esperanza de que olvidara el tema.

—No... —Miraba el suelo mientras caminaba—. Papá, platícame qué problemas tuve al nacer.

—En realidad no sé muy bien.

Al salvar el dintel de la puerta para pasar a los jardines, Daan volvió a cuestionar:

—¿Tú y mamá hubieran querido tener otro hijo que fuera sano en vez de mí?

Me detuve desconcertado.

—¿Qué dices?

—Ultimamente he pensado que ustedes siempre discuten por causa mía. ¿Si yo no existiera se llevarían mejor?

Vacilante volví a emprender el camino con pasos cortos. Mi hijo me siguió en espera de una respuesta clara y directa como su pregunta.

—¿Sabes Daan? Hay un campo de golf junto al hotel. ¿Quieres conocerlo? Podemos vagar por el prado y platicar sobre lo que quieras...

Asintió.

Deseaba pasar el resto de la tarde con mi pequeño.

Al andar acaricié su cabeza. Era preciso explicarle que él no tenía la culpa de lo que pasaba entre su madre y yo; que su llegada al mundo fue una verdadera bendición...

—Nosotros siempre quisimos un hijo, —comencé con volumen bajo—. Después de dos embarazos malogrados decidimos adoptar. Ya habíamos comenzado los trámites cuando supimos que tu madre estaba embarazada por tercera vez. La noticia lejos de producirnos alegría nos asustó terriblemente. Shaden había requerido tratamiento psicológico después del último aborto necesario y no queríamos pasar por otra experiencia similar...

Hice una pausa. El chiquillo me escuchaba con una atención sedienta. Salimos del hotel y entramos a los prados.

—Estábamos cansados de fármacos y cuidados excesivos, así que llegamos a la conclusión de que sólo si Dios realmente lo quería, tendríamos ese hijo. Dejamos todo en sus manos y nos olvidamos, en lo posible, de las recetas. Esperarte a ti fue la etapa más hermosa que recuerdo. Nos acercamos a la Iglesia y nos integramos a un grupo de oración. Inexplicablemente el embarazo prosperó.

—¿De veras fue así?

—Sí. Te deseábamos muchísimo.

Se sentó en el pasto a la sombra de un pino y me jaló de la mano.

—Cuéntame —me miró con sus dulces ojos tristes—, por favor...

—Yo estuve presente en tu nacimiento.

—Sí. Hace mucho me dijiste eso, pero ¿cómo nací yo? ¿Tú viste qué fue lo que me golpeó la cabeza?

—¿Por qué supones que algo te golpeó?

—Porque me están haciendo tantos análisis. Dicen que tengo una herida de nacimiento. ¿Cómo es eso?

Jamás imaginé que un niño de nueve años pudiera tener tantos y tan profundos cuestionamientos... Era cierto. Yo lo sabía y también era cierto que no había nada de malo en compartírselo.

—Bien —suspiré—, ¿por dónde comienzo?

—Por el principio.

—Mira. La lesión que tienes no se debió a un golpe. Tú naciste por cesárea. Eso significa que tuvieron que abrir el vientre de tu mami para sacarte.

—¿Con un cuchillo?

—Algo así. Esas operaciones son muy delicadas. Tu mami ya estaba siendo preparada cuando conseguí el permiso para que me dejaran entrar. Recuerdo que corrí a la sala de labor con la tarjeta autorizada en la mano. Una enfermera, me dio la ropa de quirófano que debía ponerme y me indicó dónde estaba el vestidor. Casi volé hasta él y me cambié lo más rápido que pude. El pantalón y la bata azul se ajustaban con correas, me los coloqué al revés y tuve que repetir, nervioso, el procedimiento. Las botas de quirófano debían ponerse sobre los zapatos —según me enteré después—, pero yo me quité todo el calzado y salí apresurado dejando mi ropa en el suelo.

»Me coloqué detrás de la puerta del quirófano dando saltos de ansiedad. A través del cristal se veían tres médicos inclinados sobre el cuerpo de tu mami. Atrás de ella otro especialista controlaba el suero y los signos vitales. A un lado la enfermera les pasaba el instrumental. Nadie giraba la cabeza para verme. Todos parecían realmente ocupados.

»Tu mamá estaba despierta, porque en esas operaciones a las mamás les ponen una anestesia que hace que no puedan sentir nada en el cuerpo, pero ven y oyen perfectamente. El anestesista me miró de reojo y comenzó a decirle a Shaden que ya estaba yo ahí, que se calmara. Ella me llamó para comprobar si era cierto y entonces, al jefe de quirófano no le quedó más remedio que hacerme una señal y dejarme entrar. Lo hice de inmediato y comencé a hablarle a ella. Le dije: "Aquí estoy mi cielo, aquí estoy, Todo está bien".

Una vez encendida la mecha de los recuerdos intensos es difícil reprimirlos. Había detalles que no debía relatar a Daan, pero que se presentaban con infame autenticidad en mi mente sin que pudiera evitarlo. Verbigracia, las primeras escenas que recibí de la operación: Un cuadro que seguramente para los cirujanos era corriente, resultaba, para el profano, en exceso sobrecogedor.

¡Dios mío!, me dije, ¡Es el cuerpo de mi esposa! Al nivel del bajo vientre había una abertura enorme. Los órganos humanos que sólo había visto en fotografías o películas estaban al aire. El color rojo de la sangre entintaba todo el interior. Los doctores introducían pinzas, tijeras, navajas, gasas, cortando, limpiando y palpando con sus ensangrentados guantes de latex.

Tampoco quería decirle a mi hijo, por no despertarle el deseo de ver a su madre, que sentí, mientras observaba la intervención, cómo segundo a segundo se incrementaba el amor y el respeto por esa mujer tendida en la plancha de operaciones que se reía y me hablaba con voz tierna.

—¿Por qué te detienes papá? Sigue platicándome.

—Ah, sí. —carraspeé un poco—, tu madre preguntaba continuamente: "¿Ya nació?", "No mi amor", le decía yo, "ten paciencia". "¡Aquí viene!", gritó de pronto el anestesista, detrás de ella.

»Cuando el doctor hizo una incisión a la última membrana, tus pequeñas nalguitas saltaron hacia afuera, seguidas de un líquido transparente. "¡Ahí viene —volvió a gritar-, y viene sentadito!, ¡es un niño!, un hermoso niño."

»El cirujano desdobló tus piernitas y las tomó fuertemente. Con la mano derecha trató de jalar pero sólo salió medio cuerpecito, entonces metió la mano nuevamente hasta encontrar la cabecita y la atrajo hacia afuera.

Un carro de golf pasó cerca de nosotros. Interrumpí mi relato. Daan tenía la vista perdida como vislumbrando las escenas de aquel importante acontecimiento que él no podía recordar...

Por mi parte no tuve que esforzarme. Mi mente se encargó de revivir los hechos y remover los sentimientos sin conmiseraciones. Lo que recordé a continuación no se lo dije a Daan.

Shaden emitió un quejido desgarrador en ese último tirón. Más tarde nos comentó que aún anestesiada sintió el jalón como si le hubiesen arrancando sus mismas entrañas.

Sobre el cuerpo de mi esposa estaba Daan colgando de cabeza detenido por las manos del doctor y aún conectado al cordón umbilical. Era demasiado pequeño para asemejarse a un ser humano. En realidad parecía una víscera más, un órgano blanco, brillante y ensangrentado pero que curiosamente tenía la forma de un diminuto bebé. Jamás me había imaginado que el sólo ver ese inmóvil pedazo de carne colgando cambiaría tanto mi vida. Son instantes impresionantes en los que, en pocos segundos, maduras años.

El doctor cortó inmediatamente el cordón umbilical. En ese momento todo fue nerviosismo y confusión en el quirófano.

Yo sabía que comenzaba la cuenta regresiva de la vida. La muerte estaba a un paso. Todo dependía de la rapidez y agilidad con que los doctores hicieran respirar ese pequeño pedazo de carne. La enfermera asistente lo recibió en sus brazos y corrió a una mesa próxima. El pediatra le esperaba con una bomba succionadora conectada a delgadísimas sondas.

Daan no se movía. Parecía muerto. Por un momento me convencí de que tendría que vivir con la angustia de haber visto a mi primer hijo muerto al nacer. Todo parecía un sueño. Eso que estaba pasando no era real. No podía serlo. Me sentía flotar en el aire.

Siempre imaginé un parto normal. Incluso Shaden y yo tomamos el curso psicoprofiláctico juntos, pero las membranas se rompieron con setenta días de anticipación... y he ahí, que estaba presenciando una cesárea de emergencia, sin poder tocar siquiera a mi esposa, viendo nacer a un niño prematuro, pequeñísimo, blanco, inmóvil, como si estuviera muerto.

Caminaba desesperado de un lado a otro, me asomaba sobre los hombros del pediatra intentando ver a lo que se suponía que era mi hijo y volviendo a la plancha de cirugía a mirar la sangrienta extracción de la placenta.

"Dios mío" "Dios mío", me repetía en mi interior, esto es un sueño, esto no puede estar pasando.

—¿Está bien doctor? ¿El niño está bien? —gritó mi esposa, pero nadie le contestó.

—El oxígeno. ¡Pronto! —escandalizó el pediatra—. ¡No respira!

El anestesista se movió tan rápido como pudo arrastrando el pesado tanque. Mi impulso inmediato fue correr a ayudarle con la carga, pero al primer paso me detuve. Primera regla en el quirófano: no estorbar.

El niño estaba muerto, así que me volví a la plancha donde se encontraba Shaden. No podía hacer nada por el bebé, pero sí por mi esposa; debía ayudarla, prepararla, estar a su lado al menos.

—¿Está bien el niño? —gritó Shaden llorando—, ¿está bien?

—Sígueme contando papá... ¿Qué pasó después...?

Me sobresalté... Había estado varios minutos en silencio y el niño quería saber más.

—Tardaste un poco en respirar... —le dije titubeando —, la falta de aire te causó la lesión que ahora tienes. No fue un golpe. Hubo mucha angustia en el quirófano, pero de pronto comenzaste a toser... Tosiste otra vez y escupiste como si estuvieras expulsando una flema o reviviendo después de medio ahogarte. Sentí una gran alegría y una terrible ansiedad. ¡Ayúdenlo! ¡por favor ayúdenlo! "¿Respira doctor?", gritó tu madre. "Sí..." , le contestó. La enfermera te envolvió y te sacó corriendo del quirófano. El pediatra salió detrás. Te llevaron directo a la incubadora... No supe más de ti por el momento.

Dejé de hablar... Mi hijo estaba fascinado, con la boca abierta....

Por mi mente siguió corriendo la película.

—Acérquese —me invitó el anestesista —. Caminé hacia Shaden.

—Mi cielo... —Le toque su cabeza.

—¿El niño está bien?

—Está perfecto. No te preocupes, descansa, tranquila...

—¿De veras está bien?

—Claro que sí.

—¿Está vivo?

—Sí mi cielo, tan vivo como yo.

Comenzó a llorar. A llorar con una congoja enorme.

—¿No me estás mintiendo?

Abracé su cabeza y la besé

—Tranquila mi amor, tranquila. De veras está bien.

—¿De veras amor? Júrame por favor.

Comencé a sentir un nudo en la garganta. Esto era demasiado. El anestesista insertó una aguja en la manguera del suero y comenzó a introducirle lentamente un líquido.

—La voy a dormir señora... Debe relajarse. Cuando despierte ya estará en su cuarto.

—¿Está bien mi hijo doctor? —repetía incesantemente—. ¿Está completo? —sus ojos comenzaron a cerrarse y su mente a caer en el abismo de la anestesia... Aún así, siguió hablando con voz pastosa, volumen bajo y articulación cerrada.

La operación duró una hora más, una hora en la que Shaden no dejó de hablar. La ternura de esa voz, torpe y suave, preguntando todo lo que había en su subconsciente me impactó severamente. La soñé dos o tres noches después.

"¿Tiene los cinco dedos? ¿Tiene boca, nariz, ojos, oídos, pies, manos? ¿Es bonito? ¿Cuánto pesa? ¿Cuánto mide? ¿Qué apgar tuvo? ¿Pueden traérmelo aquí donde lo vea? Mi amor, diles que quiero verlo ¡Doctor quiero ver a mi niño!"

—¿Cómo celebraron mi nacimiento? —me preguntó Daan repentinamente.

El cielo se hallaba nublado. Un rayo cruzó el firmamento anunciando la proximidad de una fuerte lluvia.

—La verdad —confesé—, no podíamos haber celebrado una fiesta pues tu vida estaba en peligro y aunque nos sentíamos felices de que hubieras nacido, también estábamos muy preocupados ¡Pesaste poco más de un kilo y medio! Yo estaba profundamente emocionado pero confuso. Me fui esa noche a cenar solo a un restaurante. La música de fondo me hacía vivir la sensación de estar flotando, de estar en otro mundo. ¡Era padre! ¡Había tenido un hijo! ¡Mi máxima ilusión, mi mayor anhelo, mi más grande reto en la vida era verdad..! Sin embargo, la sombra de la muerte estaba sentada en la misma mesa que yo. Podía sentirla con repulsiva claridad... ¡No te lleves a mi hijo...! Le dije... No tienes derecho...

Cuando Shaden salió del quirófano permanecí a su lado en la sala de labor antes de que la subieran a su habitación. Despertó de la anestesia muy rápido. Casi creo que nunca se durmió realmente. La incubadora estaba a dos metros y me pidió que la acercara. La empujé con delicadeza y ella se incorporó a medias luchando contra el dolor de la herida.

—Hijo... —susurró como si el bebé pudiera escucharla a través de la gruesa pared acrílica —hijo lindo... —me miró a mí con ojos horrorizados soltándose a llorar— ¡Está muy chiquito!... Hijo... ¡Hijo!... —y su llanto fue tan angustiado y abundante que

la enfermera corrió a consolarla y yo me quedé helado junto a la incubadora.

—*Su bebé.está muy delicado* —*me dijo el pediatra cuando estuve solo con él*—, *Las posibilidades de que viva son mínimas... Es mejor resignarse.*

—El restaurante parecía casi vacío y por un momento pensé que el mundo entero nos daba la espalda, —continué comentando a Daan—. No apetecía comer. El plato estaba frente a mí. Yo lo observaba sin moverme hasta que una lágrima cayó sobre la mesa. Le dije a Dios que no importaba si mi hijo estaba enfermo, le pedí llorando en ese restaurante que, a cualquier precio, te permitiera vivir... —me detuve conteniendo la emoción—. Esto es algo que nadie sabe Daniel, a excepción de tu madre... —proseguí muy despacio: En ese momento sentí la imponente presencia de Dios, su infinito poder, su infinita bondad. En mi delirio imaginé que El me veía y entonces no me importó que nadie en el mundo celebrara conmigo. Cerré los ojos limpiándome las lágrimas que no dejaban de correr por mis mejillas. ¡Dios mío! ¡Dios mío! Soy tuyo Señor —repetí por lo bajo— haz de mí lo que quieras... Gracias por lo que está pasando. Perdóname por querer hacer siempre mis caprichos. Tú sabes lo que nos conviene a todos. Me entrego a ti sin condiciones. Toma mi vida Señor... Y toma la vida de mi hijo y de mi esposa, te las entrego. Son todo lo que tengo, Dios mío... Haz de ellas lo que tú quieras.

Cuando dejé de hablar, la congoja que me ahogaba comenzó a transformarse en una profunda paz. Daniel también la percibió.

—Gracias papá...

Me volví a él y lo abracé.

Qué estúpidos somos los seres humanos a veces...

Enterramos nuestros tesoros y llenamos los bolsillos de suciedades. Y lo peor es que ni siquiera nos damos cuenta... Todo se convierte en hábito. La rutina es nuestro enemigo más terrible. Trabajo, proyectos, demandas, dinero, nos hace olvidar lo que tiene más valor...

Apreté a mi hijo con mucha fuerza.

De pronto nos vemos conduciendo el automóvil de la vida a toda velocidad sin percatarnos que lo más importante no es la carretera ni el velocímetro, sino esas personas que hemos olvidado y que llevamos viajando en el asiento de atrás, esos seres humanos valorados únicamente al sentirlos perdidos. ¡Es cierto! Lloramos de alegría cuando nos unimos a ellos o cuando los vemos nacer y lloramos de tristeza cuando se van, pero mientras están con nosotros evitamos darles nuestro tiempo, convivir, disfrutarlos en cada etapa... Y es que en el delirio rutinario todo nos resulta más urgente, desde el trabajo hasta un partido de fútbol.

"¿Cuánto vale una familia? —me dije—, ¡Grandísimo animal! ¡La paz de un hogar es algo que no tiene precio y la dejaste escapar! ¡Qué idiota has sido! La vida está pasando frente a tí y tú dormido... soñando con monstruos y vampiros."

Comenzó a llover.

Dejé de abrazar a mi hijo y lo besé en la mejilla.

—No llores papito...

La lluvia incrementó gradualmente su intensidad.

—Vámonos. —le dije limpiándome la cara...

—No... —sonrió con una seguridad y dulzura que hace mucho no había visto en su rostro—. Me quiero mojar....

—De acuerdo.

—¿Sabes? —me dijo—, estoy seguro que los problemas se van a arreglar.

—Yo tengo uno muy grande que ha echado todo a perder en mi vida.

—Tu carácter —suspiró—. Cuando te enojas haces tonterías.

—Y he hecho muchísimas hijo.

—A mí no me importa.

La lluvia comenzó a caer con enormes gotas, cada vez más cerradas.

—¿Corremos al hotel? Todavía podemos salvarnos.

Sin contestar, se puso de pie y emprendió la carrera. Me levanté y fui tras él.

Ibamos a la mitad del campo de golf cuando el aguacero se hizo terriblemente tupido y fuerte. Era inútil correr. En unos segundos estábamos totalmente empapados.

El niño se cayó de narices frente a mí.

Me apresuré a levantarlo preso de un miedo repentino.

Al agacharme vi que se carcajeaba.

—Estoy bien.

Lo abracé con lágrimas en los ojos.

Se puso de pie y me tomó de las manos. Comenzamos a dar vueltas en medio del campo de golf en pleno aguacero. El niño reía con una alegría enorme. Por fortuna llovía tan copiosamente que no se dio cuenta que aunque yo también reía, mi cara estaba bañada en lágrimas.

En ese momento detuvo su juego, se hizo a un lado el fleco empapado y me observó los ojos ligeramente entrecerrados por la lluvia...

Me puse de rodillas para estar a su altura.

—No te preocupes papá... Si Dios te oyó en ese restaurante, nos oirá otra vez...

No pude contestar... Una congoja enorme me hizo explotar, comencé a llorar abiertamente como un niño pequeño. Abracé a mi hijo nuevamente. Estábamos en medio del campo de golf enlazados, ninguno podíamos hablar, pero nuestro intenso abrazo era una plegaria, una súplica, un grito de ayuda...

Recordé a mi esposa y sentí pánico. Ella estaba llevando su barco a otras aguas, navegaba con otro rumbo... Además yo era un prófugo que había raptado a un menor. Seguramente no iban a tardar en encontrarme y Daan sufriría las consecuencias de todo ello. Entonces decidí irme del país. Era preciso actuar rápido, con paso firme y seguro si no quería perder la felicidad que había encontrado.

Seis

Inconformes que se quedan

Llegamos a nuestra habitación escurriendo.

Habían arrojado por debajo de la puerta un sobre cerrado. Lo recogí y revisé el interior. Tenía una pequeña nota con un recado telefónico del doctor Rangel indicándome que lo llamara al hospital de neurología.

Daniel y yo fuimos al baño y nos dimos un regaderazo con agua tibia. Sequé al pequeño con la toalla, le puse su pijama y lo peiné. Necesitaba dinero. Le expliqué a mi hijo que iba a dejarlo solo por un rato para ir a visitar al dueño de la empresa. Mientras él se recostaba en la cama viendo una película, me vestí presuroso y llamé por teléfono al médico. El tono sonó ocupado. Insistí varias veces pero no tuve suerte.

"Llamaré más tarde" me dije.

Marqué el teléfono de Karen y le dije que preparara una maleta pues iba a pasar por ella para hacer un viaje...

Rumbo al domicilio particular del accionista mayoritario imaginaba el futuro. El doctor Rangel me tendría que indicar a qué médico acudir en el extranjero. Iba a ser complejo cruzar la frontera. Seguramente mi hijo y yo habíamos sido reportados a la policía de todo el país, pero si Karen nos acompañaba podíamos pasar como una familia diferente. No sería fácil. Requeriríamos falsificar documentos. La idea me asustaba, pero me entusiasmaba a la vez. Quizá Daniel lograría con el tiempo olvidar a su madre y querer, como yo, a Karen...

Llegué a la casa del señor Vallés cerca de las diez de la noche. Cuando minutos antes le llamé por teléfono para decirle que me urgía verlo, el anciano se mostró sorprendido pero no hizo averiguaciones, aceptó recibirme con voz gutural. Ni siquiera cuestionó donde había obtenido su teléfono privado. Yo tampoco puntualicé que Karen me lo había proporcionado.

Su casa no era tan blasonada como lo esperaba. Siempre conjeturé que el accionista mayoritario de la compañía viviría en un palacio, pero no era así. Había amplitud, jardines, un par de criados, pero no lujos ostentosos.

—Me da gusto recibirlo —declaró sonriendo abiertamente—, aunque le diré que su visita me era totalmente inesperada.

—Gracias...

Pasé a la sala, tomé asiento como me lo indicó y dada mi falta de habilidad para entablar charlas de sociedad entré en materia sin haber roto el hielo.

—Estoy un poco molesto —expresé con voz neutra—. Creo que la elección del gerente general fue un engaño. Janette nos citó en su oficina para darnos un discurso muy conmovedor de compañerismo y servicio, pero también nos proporcionó a todos una copia del cuaderno de nueva filosofía... Inmediatamente me percaté que ella escribió el artículo sobre calidad humana en el cual el Consejo se basó para la votación. Siempre se supo que Janette iba a ser electa pues era la inventora de ese nuevo dogma, así que ¿por qué se nos hizo creer que iba a haber elecciones democráticas?

El anciano me miró unos segundos y tomó la palabra con su acostumbrado tono sereno.

—No había nada arreglado previamente. Aunque en efecto yo deseaba que ella fuera designada, la votación fue real...

—Quiero renunciar señor Vallés.

Su aspaviento afable se tornó enojoso.

—¿Y no le parece absurdo venir a decirme eso a mi casa? ¿Por qué no lo hace por los canales normales?

—Bueno. No quise esperar. Además sólo usted puede autorizar el retiro del fondo de ahorros y mi liquidación de manera inmediata... Voy a hacer un viaje urgente y quisiera solicitarle que me depositen el dinero en una cuenta bancaria. Sé que esto es inusual, pero, créame no tengo otra opción; puedo firmarle el documento que usted desee.

El anciano inspiró lentamente y movió la cabeza.

—Mucho me temo señor Arias, que yo no puedo hablar de negocios sin antes haber definido perfectamente los derroteros. Haré algunas conjeturas y me corregirá en lo que esté equivocado: No puede presentarse a la empresa mañana porque sabe que lo estará esperando la policía. Usted raptó a su hijo. Su esposa ha levantado cargos y ahora pretende huir...

Me quedé frío. ¿Cómo estaba enterado de todo eso?

—Bue.. bueno —tartamudeé—. Es cierto que he tenido problemas familiares pero eso no tiene nada que ver con mi decisión de trabajo...

—Señor Arias. No trate de hacer demagogia frente a un viejo que podría ser su padre. Usted está huyendo, esa es la palabra, e intenta darle la espalda a sus problemas.

—Llámelo como quiera —respondí decidido al ver que no quedaba nada que ocultar—. Simplemente estoy tomando una decisión. Es verdad que firmé un contrato de trabajo y también es verdad que firmé un acta de matrimonio, pero tengo derecho a cambiar de opinión, después de evaluar las cosas que pierdo y las que gano. Así de claro es mi derrotero: Estoy decidido a pagar el precio de ese cambio de opinión...

—Muy bien —aplaudió—, se necesita valor para hablar así, pero tenga cuidado: Usted tiene derecho de renunciar a todo lo que desee en la vida, siempre y cuando no se olvide que eso debe ser el **último recurso.**

Agaché la vista. ¿Y qué otro recurso me quedaba? Tal vez el anciano notó la turbación de mi ánimo porque continuó hablando con el entusiasmo propio de un maestro que ha visto la oportunidad de enseñar algo trascendente.

—La emoción más común y destructiva en los seres humanos señor Arias es el desaliento. Es más frecuente y causa más estragos que la ira, el odio, el miedo, la preocupación, el rencor, etcétera. Es la madre de todos los suicidios, es un monstruo letal que se esconde tras la sombra del anonimato. Usted está siendo presa de esa emoción...

—¿El desaliento?

—Sí. Desánimo, decaimiento, depresión. Ocurre cuando nos enfrentamos a situaciones aparentemente injustas. Ocurre al sopesar ilusiones, sueños, aspiraciones que no se consumaron; ocurre al ver la actitud egoísta y cerrada de ciertas personas allegadas. Algunos estadistas afirman que siete de cada diez personas están pensando en cambiar de empleo este año, y que el 80% de los matrimonios están considerando seriamente la separación definitiva. Miles de adolescentes se van de su casa diariamente convencidos de la frialdad, injusticia o autoritarismo de sus padres. La deserción escolar ha llegado a niveles alarmantes porque los estudiantes, ante profesores prepotentes, aburridos o poco estimulantes se dejan envolver por esa burbuja pegajosa y subyugante que se llama desaliento... Es el mal de nuestros días contador, la gente está harta de su situación, está en el camino pero sin muchos ánimos de seguir.

—¿De modo que lo que me pasa a mí es algo común y corriente? ¿Cuál es la salida entonces? No me dirá que "según los preceptos de urbanidad" tenemos la obligación de quedarnos a soportar cualquier atropello con la cerviz agachada como perros.

—De ninguna manera. No hay nada más denigrante para un ser humano que dejarse humillar, tolerando abusos en silencio. Muchas mujeres soportan golpes, insultos o infidelidades "por bien del hogar y de sus hijos". No hay actitud más absurda y tonta... La resignación en estos casos es sinónimo de cobardía. Una persona dejada, inspira lástima; nadie la respeta porque ella no se respeta a sí misma. Hay millones de seres humanos en este nivel, que se escudan con el lema de "prefiero no tener problemas" y se ven precisadas a vivir medrosamente con apatía y tristeza...

—Entonces usted me está dando la razón. Una forma superior de reaccionar es respetarse a sí mismo y no dejar que las cosas sigan igual, aunque se tenga que poner tierra de por medio...

—Bueno, sí y no —dijo el hombre con interés—. Ser inconforme es estar en un nivel más alto que ser un cobarde. Para decir "no estoy de acuerdo" aunque sea desapareciendo o incitando a otros a protestar se requiere un cierto grado de gallardía, sin embargo, es cierto que, en este segundo nivel, hay una gran cantidad de gente (mucho mayor que en el nivel anterior) con la compulsión neurótica de maldecir todo... andan de un lado a otro, nunca están a gusto, se la pasan quejándose, haciendo intrigas, propagando chismes e ideas negativas, se la pasan huyendo y volviendo, traicionando a unos y a otros, es el tipo de gente que saca el dinero del país cuando hay crisis, que busca aventuras amorosas cuando discute con su cónyuge, que cambia impulsivamente de empleo o ciudad con tal de no seguir soportando las cosas que le desagradan y que en todos lados encuentra. Son infantiles crónicos. Cuando tienen la sonaja por la que lloraban la dejan caer olvidándose de ella y lloran por la pelota. Ese es el mecanismo de la perdición. Creer que el patio del vecino es más verde, que su coche es más rápido, sus hijos más nobles, su trabajo mejor...

No tuve respuesta. Esa descripción era mi retrato auténtico.

—Si usted se mueve en ese estrato —continuó como si hubiese adivinado mi pensamiento—. Piense que hay otro grado mayor al que debe aspirar. Este tercer horizonte es característico de los próceres, de los grandes hombres de la humanidad, de la gente especial que trasciende, que deja huella. Me refiero a LOS INCONFORMES QUE SE QUEDAN A TRABAJAR... ¿Sabe usted que muchos de los caudillos de la Independencia de todos los países pudieron, para no vivir inmersos entre tanta corrupción y dolor irse a una tierra más tranquila? No fueron cobardes que toleraron la humillación, pero tampoco inconformes anónimos que hicieron daño escondidos entre los demás o que salieron huyendo para no ser afectados; pensaban como los grandes:

LOS INCONFORMES QUE SE QUEDAN A TRABAJAR... Personas que hacen historia, que son las piedras angulares de la humanidad. ¿Usted sabía que Ghandi estudió leyes y aunque pudo quedarse en Inglaterra a disfrutar la plácida vida aristocrática de los abogados, prefirió volver a la India, a exponer abiertamente sus inconformidades y a trabajar para su país? Quien ha alcanzado este nivel es alguien que entrega su existencia a aquello que le pertenece... Entiéndalo, es muy claro, los grandes hombres no abandonan su ciudad porque hay epidemia; se previenen, protegen a los suyos, pero se ponen a trabajar, a ayudar, a traer víveres.

»¿Sabe usted cómo se descubrió la mina de diamantes más grande del mundo?

»Escuche muy bien esta pequeña muestra de la historia humana. Hay un mensaje tremendo en ella: Cerca del río Indo había un persa llamado Alí Hafed. Era dueño de una enorme hacienda en la que vivía cómodamente con su familia. Sin embargo, el hombre, aunque era rico, sentía que su existencia carecía de sentido y tenía el legítimo deseo de superarse aún más... Un día cierto viajero le mostró un diamante y le dijo cuánto valía. El hombre rico obsesionado con la idea de volverse multimillonario vendió la granja, dejó a su esposa e hijos encargados temporalmente con un familiar y salió en pos de su anhelo. Alí se gastó cuanto dinero tenía buscando diamantes en todas las playas y ríos de arenas claras, hasta entonces conocidos. Ya en la miseria volvió anónimamente a su ciudad después de varios años pero su familia se había mudado. Como un vagabundo fracasado, desalentado y perdido, se adentró en el mar y se suicidó... Lo verdaderamente trágico de la historia es esto: El hombre que compró la granja de Alí Hafed, una mañana que estaba dando de beber a sus camellos en el arroyo que pasaba por su terreno, vio una piedra negra que emitía un destello de luz. La limpió y descubrió un cristal precioso. Escarbó en las aguas del riachuelo y casi a flor de piso halló gemas más hermosas y grandes aún. De esta forma y en ese preciso lugar, se descubrió el yacimiento de diamantes más grande del mundo: La mina "Golconda". Las gemas más maravillosas que se han hallado provienen de la que fue la granja despreciada de Alí Hafed.[(5)]

»Señor Arias. Jamás sabremos el tesoro que tenemos en nuestra casa hasta meternos de cabeza a luchar por ella... Si ese hombre se hubiese decidido a trabajar ahí, en el lugar que Dios lo había puesto, en vez de abandonarlo todo e irse a probar fortuna a otras tierras, su final hubiese sido muy distinto. Que no le pase lo mismo a usted. Cambiar no significa progresar. Apréndase esta frase: **"Dios bendice a los hombres que progresan sin cambiar su esencia"**. Hay muchos trabajos y países. Usted puede dedicarse a probar todos ellos pero, créame, no hallará nunca lo que busca hasta que elija uno, lo trate como **SUYO** y apueste el todo por el todo... De la misma forma, entienda: Hay muchas mujeres, pero hay sólo una que de algún modo le pertenece a usted y a quien de algún modo usted pertenece.... Es cierto que puede abandonarla si le da la gana, pero no lo haga sin antes haber puesto todo el trabajo y el empeño que es posible poner, por hallar la mina de diamantes que hay en ella.

Miré a mi alrededor. Sentí que me faltaba el aire. Nunca había interpretado las cosas desde ese punto de vista. Era tan confuso. Yo había tomado una decisión y ahora estaba ahí sentado como un niño regañado que no sabe lo que debe hacer.

—Eso suena muy bien —articulé entre dientes—, pero ¿qué pasa cuando tenemos que vivir en la cotidianidad de los días con gente arrogante, violenta, difícil? ¿Cómo se puede luchar por una familia o por un trabajo si hay incompatibilidad de caracteres entre las personas?

—Muy buena pregunta y la respuesta es igualmente buena y útil. Hay una constante natural de las relaciones humanas que yo llamo la "LEY DE SEMEJANZA" y es esta: "TODOS LOS MIEMBROS DE GRUPOS DE CONVIVENCIA CERCANA TIENDEN A PARECERSE ENTRE SI". Eso significa que tarde o temprano las personas comienzan a adaptarse a la forma de ser de los demás individuos con quienes residen.

—¿Y si inicialmente todos son muy distintos? ¿Quién se adapta a quién?

—Muy fácil: **El que tenga el estilo más definido comenzará a dominar a los demás.** Apránda esto señor Arias: En todos los núcleos sociales existe una guerra tácita de personalidades. Los que se mantienen firmes en sus principios y valores terminan influyendo. Obsérvelo. La persona amorosa, soñadora, ética, se va rodeando poco a poco de gente así... ¿Por qué? Porque todos nuestros hábitos son aprendidos de observar a los demás. Cómo vestimos, reímos, tosemos, caminamos, comemos y pensamos. Este punto es verdaderamente importante para entender el comportamiento humano...

—¿Está sugiriendo que vivimos rodeados de las personas que se asemejan a nosotros?

—Ni más ni menos. Esa es la ley de semejanza. Si su equipo de empleados es desordenado es porque usted es el desordenado mayor, si sus amigos son burlones, hipócritas y dañinos, véase al espejo. Si su familia no tiene normas bien definidas es porque usted como individuo tampoco las tiene... Detrás de un grupo exitoso siempre se halla un triunfador... A un lado de todo gran hombre (no detrás), ¿recuerda esa frase? Existe una gran mujer. La ley puede comprobarse en la pareja, mejor que en ningún otro caso. ¿Alguna vez ha hecho un viaje en compañía de otro matrimonio? Se habrá dado cuenta cómo entre cónyuges se parecen mucho los hábitos de sueño, comida, discusión, aseo, vestido, o pasatiempos y cómo difieren estos hábitos de una pareja a otra... Ciertamente cuando nos casamos había grandes diferencias de caracteres, pero con la convivencia diaria y cercana las personas se van adaptando a la personalidad del individuo más definido y convincente.

—Un momento —interrumpí—, vamos a suponer que escucho una conferencia, leo un libro o tengo una experiencia espiritual que me hace cambiar. En este momento mismo, al escucharlo me estoy uniendo a su forma de pensar, pero posteriormente llego a mi casa donde hay apatía, negativismo y mal humor, entonces comienza la guerra de personalidades ¿no es así?

—Precisamente. Con el tiempo, sus familiares acabarán absorbiendo la nueva forma de ver la vida que usted tiene y cambiarán a su estilo o usted acabará olvidando lo que aprendió volviendo a ser como ellos. Si no hay **adaptación** de alguna de las partes habrá separación. Eso es inevitable.

Vallés se detuvo unos segundos al verme absorto, quizá para permitir que los conceptos terminaran de acomodarse en mi bóveda mental.

—Muchas personas que viven en compañía de seres mordaces y destructivos —continuó—, se la pasan quejándose y cuestionándose cómo hacer cambiar a ese individuo, sin darse cuenta que es precisamente ese sujeto amargado quien las está cambiando y amargando a ellas.

—Ese sí que es un condenado rompecabezas común y corriente —opiné.

—Y está de moda pensar que la única solución a ese problema es el divorcio... Por eso más de la mitad de las parejas que se casan terminan disolviendo su matrimonio... No es por culpa de la crisis ni de la época moderna, es cuestión de mentalidad... Si cree que usted y su pareja son incompatibles, permítame decirle que está adoptando una mentalidad comodina e irresponsable. ¡Todas las parejas, en ese orden de ideas, son incompatibles! Para limar las diferencias llénese de energía positiva y enfrente la guerra de personalidades... Los hombres no estamos acostumbrados a luchar por lo que es nuestro, a ser pacientes, a mantenernos incorruptibles y esperar que los demás vayan cambiando con nuestro modelo de vida. Adquiera valores y manténgase firme. Aliméntese continuamente de sueños enormes; busque a los grandes. Ellos siempre lo nutrirán con ideas poderosas.

Miré a Vallés sin poder evitar una chispa de admiración. Tal vez se percató de mi nueva actitud porque continuó a manera de testimonio:

—Cuando yo tenía 30 años le comenté a un compañero de trabajo del mismo rango, que algún día sería presidente de la empresa y se rió de mí, se burló abiertamente. Me estaba acercando a un mediocre. Si me hubiese quedado con su opinión me hubiese desanimado, pero un día le pedí una cita al presidente corporativo para decirle que deseaba conocerlo para que me diera algún consejo porque algún día yo ocuparía su puesto. Se asombró mucho pero no se rió, me tomó en cuenta, me tomó en serio. Los grandes saben que SI se pueden hacer las cosas, pues ellos las han logrado y no se burlarán de ti...

—¿Y si no tengo acceso a ningún "grande"?

—Tiene acceso a sus libros... Y, no lo olvide. Con un poco de humildad tiene acceso también al Ser más grande del Universo. Al Creador... Hable con él. Es un verdadero amigo. Nadie podrá llenarlo de más amor.

Asentí.

—El concepto es muy claro, pero enfrentar una lucha de personalidades es difícil. La mayoría preferimos simplemente protestar anónimamente y probar en otro lado...

—¡Claro! Protestar anónimamente es muy común. Las cartas sin firmar que llegan a mi buzón de sugerencias ni siquiera las leo, pienso que si el tipo no respeta lo suficiente su opinión para firmarla, su opinión no vale lo suficiente como para que yo me moleste en leerla. El anonimato mordaz es el estigma de los ladrones, vividores y marrulleros. Se dan valor en medio de las masas pero nunca te dicen lo que piensan cara a cara. Son lacras sociales, parásitos, escorias... Que a usted nunca le de vergüenza poner las cartas sobre la mesa, exigir, hablar con franqueza, sin miedo, como lo hizo al manifestar su molestia por la elección de la gerente. Si cree que su franqueza echará a perder la relación, se equivoca, la fortalecerá. En caso de que la otra persona se ofenda, siempre le quedará el recurso de pedir una disculpa posterior, o escribir una nota para aclararle que usted no pretende traicionar ni huir... ¡Inconfórmese pero actúe con la lealtad de quien tiene puesta la camiseta de su equipo y está dispuesto a dar lo mejor por aquello que es suyo. Si el lugar en el que está, va mal, ayúdelo a crecer, eso vale mucho más que si se muda a un lugar que creció gracias al esfuerzo de otros. Piense como un tripulante, no como un pasajero. Señor Arias. Arregle su vida, sea valiente, adquiera el nivel mental de los inconformes que se quedan a trabajar. Haga con su familia, con su trabajo, con su país, con su iglesia, con todo lo que es suyo lo que recomendó Jesús en su parábola de la higuera estéril ¿la recuerda?[6]

Asentí... pero no quise hablar, tenía un nudo en la garganta.

—Dijo que no debían cortarla, —remarcó el anciano—, sin antes abonarla, regarla y cuidarla con todo esmero, dijo que debían ser pacientes y esperar al menos un año para ver si daba fruto... Sólo al comprobar que no ofrecía beneficio después de haber luchado por ella debía cortarse... El concepto es darse LA ULTIMA OPORTUNIDAD pero no como se da una simple advertencia o amenaza egoísta sino como una promesa de sacrificio total y trabajo incondicional para salvar la higuera...

Cuando Vallés terminó de hablar yo estaba vibrando. En mi mente se repetía una y otra vez la idea: **"No debía divorciarme sin antes darle a mi matrimonio la última oportunidad, pero no como se da una simple advertencia o amenaza egoísta, sino como una promesa de sacrificio total y trabajo incondicional para salvarlo..."**

—¿Me permite hablar por teléfono?

—Claro.

Marqué el número de mis suegros temblando. Shaden en persona me contestó.

Siete

Excusas o resultados

—¿Quién habla? —preguntó inmediatamente.

—Soy yo... David. ¿Cómo has estado?

Hubo un largo silencio en la línea. Finalmente contestó con voz temblorosa:

—Terriblemente preocupada.

Al escucharla titubear cruzó por mi mente la idea de que alguien estuviese junto a ella.

—¿Y tus padres? —pregunté.

—Ya se durmieron.

—¿Así que estamos solos?

Su voz fue casi un susurro.

—Sí...

¡Era mi esposa!, la mujer de la que me enamoré hace algunos años. La misma chica melancólica, sensible, tierna...

—Daniel está bien —le dije.

—Yo quería llevarlo al neurólogo. Después de la crisis que tuvo es muy necesario...

—Ya lo llevé —interrumpí.

—¿De veras?

—Claro —recordé el recado telefónico y me puse de pie como movido por un resorte—. Le hicieron varios exámenes. Estamos esperando resultados. Despreocúpate. Se halla bien atendido.

—Daniel. ¿Por qué te llevaste al niño? ¡Todo esto es una locura!

—Entiende que yo no puedo vivir lejos de mi hijo. No tienes derecho a deshacer mi persona.

—Y tú no tienes derecho a gritarme y golpearme por cualquier cosa...

—Fue sólo una vez y tú me provocaste...

Shaden se quedó callada. Su tono sonaba afligido y cansado. Ella no tenía ganas de seguir peleando, yo tampoco, sin embargo, no podíamos cruzar la sutil línea de la reconciliación. Es interesante que muchas veces, al discutir, vislumbramos esa frontera y nos detenemos, pues traspasándola estamos en el lugar del otro... Y ahí todo se ve diferente. No existe manera de hacer las paces más que esa: Poniéndose en los zapatos del enemigo, comprendiendo sus razones, viendo con sus ojos, sintiendo con su corazón...

—Te entiendo —mascullé a punto de perder la neutralidad de mi voz—. Quiero entenderte Shaden. Tienes razón, pero tú también entiéndeme... Estoy muy arrepentido...

Tardó unos segundos en contestar.

—¿Te parece si nos vemos mañana para hablar tranquilamente? —preguntó.

Asentí con la cabeza olvidando que ella no podía mirarme.

—¿A las diez? —sugerí finalmente—, te invito a desayunar en la cafetería del club de golf. Sé que la policía, tus abogados y tus padres me están buscando. Ve sola.

Cuando colgué el aparato, Vallés tenía la vista clavada en mí.

—El matrimonio con Shaden ha sido difícil —le dije al hombre.

—Excusas señor Arias.

—¡Es verdad! —me defendí—. Simplemente no hemos podido congeniar.

El gesto del presidente corporativo era severo.

No le pedí permiso para usar su teléfono nuevamente. Tomar el aparato y marcar el número del hospital me permitió evadir de su acoso visual.

El doctor Marcos Rangel se hallaba en quirófano, según me informaron. No podía atenderme. Pregunté si había dejado algún recado para mí y la respuesta fue negativa. Prometí hablar más tarde.

Salí a la calle aturdido, cabizbajo. Mi mente era un laberinto de ideas mezcladas.

— Llévame a un lugar privado... Déjame darte la paz que necesitas...

¡Cómo necesitaba refugiarme en los frescos brazos de la dulce amiga que me había ofrecido esa paz... y al mismo tiempo cómo me urgía rehacer el hogar que perdí!

Conduje el automóvil lentamente por las calles de la ciudad. Llegué a la casa de Karen y me detuve en frente. Las luces del interior estaban encendidas. Tal vez la mujer se hallaba esperándome con la maleta preparada como se lo indiqué.

Volví a arrancar el motor del coche y me alejé del lugar.

—¡Dios mío! ¡Dios mío! —grité mientras manejaba—. Ayúdame o voy a enloquecer...

Me detuve en un semáforo y vi el anuncio luminoso de un bar que solía visitar tiempo atrás. Me dirigí a él sin pensarlo dos veces. En ese sitio hallaría música suave y luz tenue.

No podía dar el siguiente paso sin antes ordenar mis ideas.

Dejé las llaves al acomodador y bajé del automóvil lentamente. La voluptuosa mujer del recibidor me reconoció.

—¡Qué gusto verlo de nuevo! —me dijo—, hacía mucho que no venía.

Le sonreí sin contestar. Por fortuna el bar estaba casi solo. Fui hasta la pequeña mesa del rincón en donde antaño dejaba pasar las horas después del trabajo con la única intención de llegar tarde a casa.

Pedí un whisky natural y me quedé quieto con la vista perdida.

—Invadidos de pereza, no pagamos el precio de mantener encendida la llama del amor y ésta se apaga —recordé lo que me dijo Vallés en cuanto deposité la bocina del teléfono en su sitio—. Si quiere recuperar su matrimonio debe luchar. El amor se siembra con ilusión, pero se riega con sacrificios y se cosecha con dolor...

—¿Me está usted diciendo —le pregunté— que algo tan sublime se hace a base de lágrimas?

—Estoy diciéndole que todo en la vida tiene un precio: llámese una buena relación conyugal, un ascenso, un título profesional, dinero ahorrado, prestigio, amistades, crecimiento espiritual, físico o mental... **Todo** lo que usted quiera y mande puede obtenerse si se paga el precio....

Llegó el mesero con la bebida y la depositó frente a mí. Aún no lograba entender el alcance de las palabras de Vallés.

Seguí recordando.

—¿Entonces *todo* puede comprarse? —me burlé—, ¿y en qué consiste el pago? ¿cuál es la moneda mágica? ¿por qué si los seres humanos anhelamos lo mejor, sólo algunos son capaces de dar el importe?

—De acuerdo. Definamos primero la moneda. Para adquirir cualquier cosa, hay un bien que todos poseemos y que debemos dar a cambio: **TIEMPO.** Así de fácil y así de difícil también. Por ejemplo: Un joven atleta sueña con representar a su país en la próxima olimpiada. Sólo tendrá que dedicarle **tiempo** al proyecto: entrenando, estudiando estrategias, alimentándose bien, y si al primer intento fracasa será indicativo de que no pagó el precio. Eso es todo. Posiblemente el atleta invierta más tiempo y vuelva a fracasar; en tal caso quizá diga que el precio es muy alto y desista. Entonces buscará justificarse echándole la culpa al sistema deportivo o a la mala suerte, pero lo cierto es que él no irá a la olimpiada y otros sí. ¿Quiénes lo harán? Los que hayan pagado el precio que él calificó como alto.

Hice girar el vaso en mis manos para calentar un poco la fina bebida de granos de cebada. El reciente diálogo con mi presidente corporativo se repetía textualmente en mi cabeza. Era como ver por segunda vez una película con intenciones de entenderla mejor. Tomé el contenido de mi vaso a grandes tragos y ordené otra medida igual.

—Nadie obtiene algo grande y duradero por casualidad. Todo tiene un precio.

—¿Incluso el amor? —insistí no muy convencido.

—¡Incluso el amor!

—¿Me está usted sugiriendo que mi hogar no es feliz porque no pagué el precio?

—Sí. Atiéndame muy bien. Usted dispone de veinticuatro horas; supongamos que duerme ocho, trabaja ocho, come y descansa cuatro, ve la televisión dos, se transporta en cincuenta minutos, y los últimos diez minutos los ocupa en reprender a sus hijos, protestar por el desorden de la casa e instar a su esposa a tener sexo, rápidamente, con usted. ¿Cómo cree que será su vida familiar y conyugal? —me encogí de hombros, no quise contestar—. ¿Es obvio, verdad? Tal vez cuando el hogar se desintegre precise echarle la culpa a la liberación femenina, a la incompatibilidad de caracteres o a la injusticia del Cielo por haberlo unido a una persona equivocada. ¡Pamplinas y más pamplinas!

Hundí la testa sintiendo como el alud caía sobre mí.

¿En qué pensabas Señor cuando hiciste aparecer en mi vida a esa mujer y propiciaste nuestra unión sabiendo que no éramos compatibles?

Tuve una premonición negativa. El corazón comenzó a latirme al grado de producirme dolor. Puse la mano derecha en mi pecho y me levanté sintiendo un nerviosismo impresionante.

Caminé tropezándome con las sillas.

—Un teléfono. Necesito hablar a mi hijo. O mejor dicho, al médico de mi hijo.

—No tenemos teléfono señor. ¿Ocurre algo malo?

¿Ocurría? Volví a mi mesa sin contestar. ¿Me abatía la preocupación por Daniel o la no aceptación de unos conceptos que quemaban mi entendimiento? Tomé asiento y traté de concentrarme en las ideas de Vallés, sabiendo que eran oro molido, pero sin lograr liberarme de una angustia terrible por la salud de Daan.

—Adoro a mi hijo —recordé que le dije al presidente tratando de defenderme—. No quiero que le ocurra nada malo. Por él estoy dispuesto a pagar cualquier precio.

—Señor Arias, no cometa una tontería. ¿Quiere darle a su hijo el mejor regalo? ¡Ame a su esposa! Cuando sienta deseos de solucionar los problemas del niño piense primero que debe resolver los suyos. Eso es lo que más ayudará al pequeño. Entiéndalo. Arreglar los conflictos del niño no aliviará los de usted y tarde o temprano él volverá a encontrarse mal porque usted lo descuidará de nuevo. Ponga en orden sus prioridades. **La base de la sociedad no es la familia, sino la pareja. El matrimonio es el fundamento de la humanidad. Si los cónyuges siguen divorciándose, las familias seguirán desintegrándose y la sociedad pudriéndose...**

El mesero llegó con el licor que le ordené. Esta vez no me preocupé por girar la copa. Bebí el contenido de un tirón sintiendo el fuego del whisky calcinándome las entrañas. Antes de que el hombre se fuera le pedí un vaso más.

—¿Le ocurre algo malo? —preguntó Vallés en mis recuerdos.

—No. Sólo que creo que ha habido muchas situaciones en mi vida que me han impedido lograr lo que deseo... Yo he dedicado el tiempo, pero las cosas simplemente no se han podido dar...

—Caray —profirió con evidente enfado levantando la voz—, le voy a suplicar que grabe en su memoria esta frase: **"EN LA VIDA SOLO EXISTEN DOS COSAS: PRETEXTOS Y RESULTADOS, Y LOS PRETEXTOS NO VALEN"**. ¿Usted dice que a pesar de haber dedicado tiempo, los logros se le han escapado? No se haga tonto David. Esas son justificaciones mediocres. En la empresa, los empleados que, por ejemplo, dicen trabajar cuatro horas pero que realmente brindan solo dos -y las otras dos fingen-, irán logrando cada vez mejores artimañas para estafar a su empresa aunque tengan que dar constantes excusas por sus fallas. El hombre invaluable prefiere invertir los minutos que le sobran ayudando a los demás y sacando adelante trabajo que quizá no le corresponde, asciende en la organización, gana bien, en una palabra tiene resultados. Por el contrario, el hombre "bestia" que puede sustituirse en cualquier momento por otro animal de carga, prefiere gastar los mismos minutos que le sobran tomando café, platicando y vigilando de soslayo el reloj para salir corriendo a la primer campanada; no asciende ni gana bien, pero se excusa echando pestes de sus jefes y de su empresa. Ocurre a todos los niveles señor Arias. Si un marido llega en la noche y se aplasta en el sillón dedicando cuarenta minutos diarios a jugar con el control remoto del televisor, en vez de ocuparlos en platicar con su esposa y ayudarla a recoger la cocina, cuando alguien le pregunte para qué sirve tal o cual botón del control remoto, él tendrá resultados y cuando se le pregunte cómo van las relaciones con su pareja, tendrá excusas.

Me reí por el excelente ejemplo, tal vez mi risa fue también un poco nerviosa y un poco defensiva para detener la lluvia de fuego que caía sobre mí. Don Antonio Vallés, detectó que el tema me afectaba y no se detuvo.

—Un padre se queja de que su hijo de dos años no quiere irse con él y asegura que el mocoso es huraño, una madre llora por que su adolescente no le tiene confianza y argumenta que el imberbe es ingrato, un esposo se divorcia y declara que su mujer era frígida. Melindres, justificaciones estúpidas y cretinas. EL AMOR SIMPLEMENTE NO ES PARA HOLGAZANES. Quien no esté dispuesto a pagar el precio, brindándole al amor el tiempo que éste requiere, no lo tendrá nunca; se la pasará llorando y tal vez acabe suicidándose; incluso renunciar a vivir puede ser más cómodo que arremangarse la camisa y ponerse a trabajar para conseguir lo que se quiere. ¿Que no es fácil lograr un hogar feliz? ¡Nadie dijo que lo sería! Pero tenga la seguridad de que algunos de los no privilegiados, no suerteros, sino trabajadores, muy trabajadores, dispuestos a pagar el alto precio de las cosas que valen, lo lograrán... Todos tenemos grandes pensamientos, pero al final, lo que cuenta son los hechos. Paderewsky dijo que el genio se hace 10% de inspiración y 90% de transpiración y lo bello de esta ley vital es que no puede aplicarse mañana o el mes entrante o cuando termine esta etapa o cuando pasen los problemas de dinero. A nadie le está permitido disponer de la moneda futura, sólo poseemos la que estamos gastando hoy, el único momento del que podemos echar mano es éste... ¡Y ay de aquel que lo esté dejando pasar, porque ya no volverá!

Me sentía cruelmente aludido como si alguien me cacheteara para despertar.

Tomé la tercera copa en mis manos y la bebí despacio. No fue sino hasta que me puse de pie que sentí el mareo producido por el exceso de alcohol...

—¿Sabe? —le compartí a Vallés antes de salir de su casa—. Yo no le temo al trabajo. Si **"tiempo y trabajo"** son las palabras clave que permiten lograr todo en la vida, no hay excusas para fracasar...

Pagué la cuenta dejando buena propina y conduje el automóvil al hotel con mucho cuidado sabiendo que mis reflejos se habían mermado terriblemente.

Cuando llegué al hotel me extrañó mucho ver la luz de la habitación encendida tal y como la dejé.

—¿Daan? —voceé mientras buscaba la llave nerviosamente— ¿Estás bien?

No hubo respuesta.

Pude percibir esa vibración extraña que acompaña siempre la cercanía de las catástrofes.

Hallé la llave y al tratar de introducirla a la cerradura se me cayó. Me agaché para recogerla y golpeé la puerta.

—¿Daan? ¿Hijo? —invoqué con más fuerza.

Me puse de pie y abrí. La escena era peor de lo que pude intuir. Mi pequeño se hallaba en el suelo. El tarro de crema sólida estaba hecho añicos a su lado.

Corrí a levantarlo. No tenía señales visibles de haberse golpeado la cabeza, sólo la quijada rígida y los ojos entreabiertos.

—Dios mío —lo puse en la cama.

Traté de reanimarlo pero me pareció demasiado tieso y azulado. Lo sacudí perdiendo el control ante la descabellada posibilidad de que se hubiese ahogado en un ataque convulsivo. No respondió.

Me incliné para escuchar su corazón pero no detecté latido alguno...

—¡Hijo! —grité aterrado... Me levanté y salí corriendo rumbo a la recepción. El hotel era muy grande. Regresé y marqué el número de atención a huéspedes.

—Por favor —me desgañité en cuanto contestó amablemente una señorita—, llame una ambulancia... Mi hijo ha sufrido un accidente. Parece que está... —Y un llanto ahogado de impotencia me impidió terminar la frase...

—¡Cálmese, el niño está vivo! —me decía uno de los paramédicos mientras otros dos preparaban a Daan para transportarlo al hospital—. Tranquilícese o se va a hacer daño...

—Pero, parece muerto... —mi cuerpo temblaba y mi voz sonaba descontrolada—, ¿qué le pasó?

—¡Modérese para que pueda ayudarnos en vez de estorbar!

—Oiga infeliz, le estoy preguntando qué le pasó a mi hijo —y al decirlo tomé al sujeto por la camisa y lo aventé contra la pared.

Ocho

Testigos en la riña

Los médicos tardaron cerca de dos horas en darme el diagnóstico... Enhiesto en un rincón de la sala de espera, me sentía flotar sin dar crédito a lo que ocurría.

Al fin el neurólogo se acercó para hablar conmigo.

—¿Gusta sentarse?

Obedecí como autómata.

—¿Qué tiene Daniel, doctor?

—Tal parece que sufrió una crisis convulsiva muy singular. Los enfermos de epilepsia no suelen padecer este tipo de ataques a menos que haya otras causas patológicas especiales.

—¿Qué causas? ¿Qué fue lo que sucedió?

—Tal vez un estatus epiléptico que lo condujo a un coma poco profundo.

Llevé ambas manos a la cara y me agaché tirando de mis cabellos con fuerza.

—¿Un estatus? ¿Qué es eso?

—Se les dice así, a los ataques múltiples que forman un ciclo y duran mucho tiempo. Su hijo presenta encefalitis metabólica, causada por una alteración del funcionamiento bioquímico de la corteza cerebral.[7] Detectamos el problema ayer en la tarde. Inmediatamente llamé a su hotel pero no lo encontré. Le dejé un recado. Hubiera sido bueno internar al niño de inmediato...

—¿Quiere decir que esto pudo haberse evitado? —cuestioné sintiendo que el piso se abría bajo mis pies.

—Tal vez no la crisis repetitiva, pero sí la hipoxia cerebral. [8]

Solucione sus problemas. Eso es lo que más ayudará al pequeño. Entiéndalo. Si no lo hace, tarde o temprano él volverá a encontrarse mal porque usted lo descuidará de nuevo.

Las lágrimas de la culpa —que son las más infames y dolorosas— comenzaron a quemarme las mejillas.

—¿Y qué va a pasar?

—Esperamos que vuelva en sí en las próximas doce horas, pero igualmente el coma podría trasponerse a fases más profundas. Estamos atendiéndolo con el mejor equipo técnico y humano... Por lo pronto permanezca en calma.

—¿En calma? ¿La ciencia se encoge de hombros y recomienda que conservemos la calma? ¿No le parece absurdo?

—Sí señor Arias. Es absurdo.

Se puso de pie para retirarse.

—Usted podrá visitar al niño en cuanto sea transladado a una habitación de terapia media. Eso ocurrirá dentro de tres o cuatro horas. Conviene que esté con él para que le hable. Si hay cualquier cambio avise al jefe de piso. El me localizará de inmediato...

—Doctor —levanté el rostro contrahecho—, ¿puede hacer algo más por mí?

—Claro. ¿Qué se le ofrece?

—Llame a mi esposa y explíquele lo que pasó...

—Son las cinco y media de la mañana. ¿Quiere que le hable ahora?

—Sí.

Shaden llegó al hospital escoltada por sus padres y seguida de un joven a quien creí haber visto antes en algún lado.

La actitud amable que percibí en el teléfono se había tornado mortificada y acre.

—¿Qué fue lo que ocurrió? —cuestionó alarmada.

—¿No te lo explicó el médico?

—Sí pero no entendí nada.

—Pues ya somos dos —sonreí un poco.

Movió la cabeza con desesperación.

—Hueles a vino. ¡No haya sido por tu descuido lo que le pasó a Daan! —advirtió.

Se alejó para pedir informes directamente en el módulo de enfermería. Su madre y el jovenzuelo fueron tras ella. Entonces lo vi mejor. ¡Era un tipo delgado, de lentes y barba! ¡Idéntico a la fotografía! ¿Pero cómo se atrevía a ir ahí?

Mi suegro se quedó de pie indeciso de seguirlas. Finalmente prefirió quedarse conmigo.

—Se ha metido usted en serios problemas. Mucho me temo que va a tener la oportunidad de conocer la cárcel.

—¿De veras? —le contesté sin saber que el destino convertiría esa amenaza en profecía. Pues aproveche para aprehenderme. Estoy urgido de verme entre barrotes.

—Todo vendrá a su tiempo.

—Tal vez a mí me encierren, pero usted se pudrirá en el infierno. Ha inyectado ponzoña a su hija ocasionando que nuestro problema no se pueda arreglar.

El rostro de mi suegro enrojeció. Quiso escupir muchas razones en mi contra pero el enojo lo obligó a morderse la lengua. Caminó para reunirse con su esposa e hija.

A los pocos minutos Shaden se acercó echando humo por los ojos.

—¿Qué le has dicho a mi papá, eh? Si tienes tanto coraje ¿por qué no me hablas a mí?

—¿Fue a acusarme el señorito? ¡Pobre!

—Malvado, ¿por qué te has propuesto destruir mi vida? ¿Qué fue lo que te hice para merecer esto?

—Fuiste tú la de la idea del divorcio.

—¿Y qué querías? ¿Que estuviera soportando de por vida tu hermetismo y tu violencia? Además eras muy bueno para exigir ¿pero qué tal para ayudar? La vida junto a ti era un suplicio.

—Por si no te diste cuenta —contesté tratando de asirme a la última hebra de cordura—, mi hermetismo se debía a la carga de problemas. Trabajaba excesivamente para darles a ti y a Daniel lo mejor. No puedes decir que dejé de cumplir con mi parte.

—¡Tu parte sólo giraba alrededor del dinero! pero ¿qué hay de la forma de tratarnos?

—¿Y cómo querías que tratara a una mujer que siempre estaba quejándose y poniendo a todos de mal humor?

—¿Para decir eso querías desayunar conmigo?

Agaché la cabeza e inhalé hondo... ¿por qué no pudieron darse las cosas como lo tenía planeado?

El jovencillo estaba lejos, hablando con una enfermera.

—No. Quería preguntarte sobre tus planes... ¿Piensas casarte con ese tipo?

Shaden me miró alzando las cejas y acto seguido echó una sonora carcajada.

—Eres tan idiota —logró decir entre risas—. Después de un matrimonio como el nuestro, será muy difícil que me vuelva a engarzar...

Me sentí ofendido.

—Ya veo —grité—. Andas con hombres pero no te interesa nada serio. Tienes vocación de prostituta —la tomé del brazo y la empujé—. Pues vé a ejercerla. Estás desperdiciando las mejores horas.

—Suéltame. ¡Eres un cobarde! La última vez que te lo dije me golpeaste. Atrévete ahora que están mis padres.

Los señores, que habían estado observando, al escuchar el último reto se acercaron a nosotros.

—Ya basta —dijo mi suegro—. Nos encontramos en un hospital.

—Papá hazme un favor... —le pidió su hija—. En el coche traigo un portafolios. Bájalo. Necesito que firmemos de una vez por todas los convenios del divorcio. No soporto más la idea de estar casada con este endriago.

—Yo voy —se acomidió la señora—. Tú quédate acompañando a Shaden.

El joven de lentes se unió a mi suegra para ir con ella.

Lo que ocurrió a continuación me hizo comprobar nuevamente lo contradictorio de la femineidad. Shaden, en vez de mantenerse en pie de guerra y llevar hasta sus últimas consecuencias el pleito que había iniciado, se desplomó en el sillón de la salita para visitas y comenzó a llorar de una forma desgarradora.

—¿Por qué? —articulaba entre gemidos con la cabeza agachada— ¿por qué?, ¿por qué?...

Me quedé pasmado ante la incongruente actitud. ¿Sus lamentos eran muestra de una alma desesperada que se duele hasta las raíces por algo que está pasando y quisiera detener? ¿O simplemente le gustaba llamar la atención? Al menos eso último lo estaba logrando muy bien.

Me sentí aplastado al verla llorando así. Ante una reacción tan dolorida, mi enojo se tornó en confusión. De hecho, no fue sino hasta que presencié su llanto cuando calibré, además de mi enfado, la fuerza de mi afecto por ella.

—¡Qué manera de dramatizar! —dije para excluirme.

Mi suegro se sentó a su lado y la abrazó. Shaden escondió el rostro en el pecho de su protector emitiendo unos gemidos lacerantes que partieron el alma a cuanto médico, enfermera y visitante se hallaba cerca.

—¿La señora está bien? —preguntó cierta doctora que pasaba por el corredor.

—Por supuesto —contesté—. Su deporte favorito es llamar la atención.

El padre de Shaden me fulminó con la mirada.

—Haga favor de alejarse —ordenó.

—Estoy esperando a su esposa con el portafolios.

—¡Haga favor de alejarse! —exigió con un grito que terminó en falsete, al punto que se ponía de pie para encararse conmigo.

Respiré hondo. No pude, bien que ganas no me faltaron, contestarle al viejo, pero lo que yo podía decirle a él, estaba limitado por la natural distancia existente entre suegro y yerno. Me di cuenta de eso en cuanto quise atacarlo. Tal vez él podría agredirme físicamente, pero yo no lograría devolverle la misma agresión. Shaden levantó el rostro y con tono deplorable me preguntó entre sollozos:

—¿Por qué David? ¿Por qué no puedes ser capaz de respetar ni a mis padres? ¿No ves que nos has destruido a mí y a nuestro hijo? ¡No te entiendo! Eras un hombre bueno y ahora... —siguió gimiendo incontrolada como si se hallase ante la tumba de su ser más amado.

En ese instante apareció mi suegra en compañía, del sujeto espigado. El entrometido llevaba el portafolios en la mano. Detrás de ellos caminaban dos policías.

La señora se aterró al ver a su hija llorando y a su esposo frente a mí enfurecido.

—¿Qué pasó? —escandalizó— ¿Le pegó otra vez?

El hombre la hizo a un lado sin contestar.

—Aléjese —repitió el padre.

—¿Quiere que dejemos a la indefensa mujercita con su amante? —me volví a Shaden—. Ya llegó por quien llorabas...

El apuesto joven se quitó los lentes nerviosamente y se los volvió a poner.

—Aprehéndanlo —exigió mi suegra a los dos policías—. Es él.

Estos se acercaron a mí.

—Lo siento —dijo uno de ellos—, pero tendrá que acompañarnos.

—¿Por qué?

—Existe una orden de arresto contra usted por rapto a un menor.

—¡Qué sorpresa! ¿Y dónde está el menor? Además, en todo caso, ustedes no están facultados legalmente para aprehenderme...

—Sí lo están —intervino el cuatro ojos amante de Shaden—. Cualquier agente de orden público tiene obligación de detenerlo y turnarlo a la autoridad competente.

Miré al tipo con desprecio. Ante mi suegro podría medirme pero no ante él.

—De acuerdo —convine—, sólo permítanme hacer algo urgente antes de acompañarlos.

Me aproximé al jovenzuelo y le arranqué el portafolios violentamente. Los guardias se pusieron alertas. Me senté en el sillón junto a mi esposa. La cerraja izquierda del cartapacio se abrió en cuanto accioné el botón, pero la derecha no. Tenía llave. Introduje la mano por el lado izquierdo y abrí el portafolios de un fuerte tirón rompiendo las bisagras. En el interior había un altero de papeles. Comencé a revisarlos rápidamente y a arrojarlos al aire después de comprobar que no me servían. Los presentes se hallaban como estatuas sin atreverse a detener la lluvia de documentos. Al fin hallé la inconfundible carpeta del bufete jurídico; arrugué algunos impresos más, hasta que tuve en mis manos el convenio privado hecho para agilizar los trámites del divorcio. Tomé un plumón del vademécum y firmé las tres hojas con una caligrafía enorme sobre el texto.

Shaden había dejado de llorar y me observaba asustada. Le lancé los pliegos a la cara y me puse de pie.

—¡Deténganlo ya! —ordenó el barbón; los policías se acercaron, pero yo salté para zafarme y di un golpe recto a la nariz del joven entrometido.

Le rompí los lentes. Los cristales se le encajaron en su delicado rostro .

—Me fracturó el tabique. —chilló.

Levanté las manos para indicar a los guardias que cooperaría.

Me permitieron hacer la llamada telefónica de usanza antes de encerrarme. Hablé con mi jefa Janette y le pedí que me enviara al licenciado de la empresa.

Una infame depresión comenzó a invadirme.

A esas horas la jaqueca producida por el whisky ingerido me estaba matando. Tenía dos años de no tomar una gota de alcohol. ¿Por qué volví a hacerlo? ¿Por qué no fui capaz de mantenerme firme en mi promesa de abstención? Era cierto que nunca había atravesado por conflictos personales tan enormes, pero también era cierto que en otra época de mi vida, el vino había agravado todos mis problemas...

¡En maldita hora se me ocurrió entrar a ese bar!

Me sentía un gusano inmundo. Mientras calentaba la bebida en mi vaso mi hijo sufría un estatus... Desperdicié un tiempo precioso. Si hubiera estado con él, al ver que las convulsiones no cesaban lo hubiera llevado al hospital y no se hubiera asfixiado.

Acompañé al guardia hasta un separo individual. Abrió la pesada reja de hierro y me empujó al interior...

Me dejé hacer como un muñeco. Estaba moralmente despedazado...

La celda era pequeña y apestosa. No me importó. Eso y más merecía... De haber sido arrojado a un fango de mierda me hubiese hundido en él sin oponer resistencia...

Comencé a llorar.

¡Cálmate!, me dije, ¡el que hayas entrado a un bar no le produjo el problema a Daniel! ¡Este se hubiera suscitado de igual forma si hubieras estado en un parque deshojando margaritas!

Mi verdadero error fue no insistir lo suficiente para localizar al doctor Rangel... En realidad, lo único malo de haber ingerido alcohol era que, ahora, éste sería un terrible agravante para cualquier delito que me tildaran...

Pasaron muchas horas -no puedo precisar cuántas-, antes de que Janette llegara acompañada del abogado.

Al acercarse, mi jefa percibió un tufo a moho y micciones antiguas. Se tapó la nariz con la mano para protegerse del hedor.

Me miró a través de los hierros con una expresión compasiva.

—Te ves muy mal —dijo.

Me encogí de hombros.

El abogado tomó la palabra yendo al grano.

—Se te ha acusado de varios delitos, entre otros agresión física, sevicia, disturbio en lugares públicos, difamación, rapto de menores, embriaguez, negligencia en el trato de un enfermo, etcétera... —Hizo una breve pausa mientras revisaba sus apuntes—. Tu situación legal es grave... Estamos tramitando la libertad bajo fianza, pero llevará tiempo. Tal vez mañana por la tarde logremos alguna posible solución... Si se consigue, habrá que pagar una buena suma. Espero que tengas tus ahorros.

—¿Se te ofrece algo? —preguntó Janette.

—Lápiz y papel.

—Haremos las gestiones para que te lo proporcionen —se adelantó el hombre...

—Oye... —le dije suplicante a mi jefa—. Me gustaría leer también... ¿No traes contigo tu carpeta de la nueva filosofía?

Me observó fijamente bajando las manos de la nariz.

—No... —murmuró—, pero te la enviaré...

Las siguientes veinticuatro horas fueron lo más parecido al infierno que alguien puede vivir... No tanto por el sufimiento físico, sino por el tormento mental de la culpa. La comida era escasa y el dolor del alma gigantesco.

El guardia de los separos provisionales me hizo llegar un viejo cuaderno con pocas hojas limpias, un bolígrafo y una copia de la carpeta de Janette.

Cuando el abogado llegó a verme por la tarde y me dijo la cantidad que debía pagarse por mi fianza me fui de espaldas. No tenía tanto dinero. Le pregunté si la empresa podría apoyarme. Por primera vez lo vi titubear. Finalmente se animó y me lo dijo:

—La empresa te está apoyando con el respaldo legal, pero mucho me temo que es lo último que hará por ti. El Consejo Directivo giró ordenes esta mañana para liquidarte de la nómina.

Sentí un chubasco de agua helada. Era de esperarse... Casi de inmediato reaccioné.

—Tal vez con el dinero de mi liquidación podrá pagarse la fianza.

—Tal vez... Mañana te informaré.

La segunda noche que pasé en la cárcel fue menos dolorosa...

Haber caído hasta el fondo de la humanidad, hasta donde ya no es posible bajar más, tenía una ventaja, después de todo: La única dirección posible para continuar era hacia arriba.

De madrugada comencé a hojear la libreta de Janette. Encontré un capítulo titulado **"PELEAS CONSTRUCTIVAS"**.

Leí la introducción.

Una vida de armonía inmarcesible no es natural. Lo normal de los seres humanos que comparten intereses mutuos es que discutan de vez en cuando. Mentira que en la sociedad sana siempre debe haber fraternidad y paz. La realidad es otra: ¡En la sociedad sana debe haber reglas para pelear! En el matrimonio sucede lo mismo. Para tener una verdadera integración conyugal no se puede ser un idealista. Las relaciones perfectas, sin controversias ni disputas sólo existen en los cuentos de hadas. ¡En toda familia lúcida, los miembros deben saber que no están exentos de problemas, y por lo tanto prepararse con ciertas reglas a seguir para cuando los desacuerdos surjan.

Observé detalladamente las paredes del pestilente aposento. Había miles de inscripciones y dibujos soeces.

¿De qué me servía ser un hombre de buenos sentimientos si cuando discutía echaba todo a perder? Debía aprender a pelear. En la cárcel no podía hacer nada por mi hijo pero sí por mí. La frase de Vallés se repetía en mi cabeza como disco rayado...

Solucione sus problemas. Eso es lo que más ayudará al pequeño. Entiéndalo. Si no lo hace, tarde o temprano él volverá a encontrarse mal porque usted lo descuidará de nuevo.

Ocupé todo el tercer día de encierro para entender el concepto de "cómo pelear". Muchos años después me atrevo a decir que pocas cosas me ayudaron tanto...

Nueve

Cómo pelear con tus seres queridos

Siempre que discutía con Shaden ocurrían cosas muy desagradables.

Busqué el rincón menos asqueroso y me puse en cuclillas tratando de descifrar el jeroglífico. Afuera se escuchaban ruidos sordos, pasos lejanos, risas majaderas. Me pregunté cuánto tiempo más estaría ahí, iba a cumplir 72 horas de encierro; pero no me afligí. Por lo pronto, tenía mucho que leer y reflexionar.

La libreta decía:

Cuando hay testigos de la disputa el ego crece, el orgullo se hincha, lo que se persigue no es la solución de un problema determinado sino demostrar ante los espectadores quién es más fuerte y dominante... La regla número uno para pelear es ésta: **SI EL PROBLEMA ES ENTRE TU Y YO LO ARREGLA-**

MOS TU Y YO, Y QUEDA PROHIBIDO HACER PARTICIPES A OTROS O DISCUTIR EN PRESENCIA DE OTROS.

Detuve la lectura... ¡Era interesante ese concepto!

¡Por eso cuando llamé a Shaden por teléfono, estuvimos a punto de reconciliarnos y en cambio en el hospital nos lastimamos a muerte!

> — ¿Y tus padres? — pregunté.
> — Ya se durmieron.
> — ¿Así que estamos solos?
> Su voz fue casi un melancólico susurro.
> — Sí...
> Entonces reconocí a mi esposa, la mujer de la que me enamoré hace algunos años. La misma chica hermosa, sensible, tierna...
> — ¿Así que estamos **solos**?

Al comprenderlo me sentí un torpe que ha buscado la llave de cierta encrucijada teniéndola frente a su nariz.

Leí la libreta:

Estando a solas es mucho más fácil pedirse perdón mutuamente, sincerarse, verse a la cara y hablarse con el corazón... Dos personas que tuvieron la afinidad para unirse, pueden allanar cualquier diferencia si están en intimidad.

Muy cierto. ¡El no estarlo complicó tanto la reciente riña!

> — Se ha metido usted en serios problemas — dijo mi suegro —. Mucho me temo que va a tener la oportunidad de conocer la cárcel.
> — Tal vez a mí me encierren, pero usted se pudrirá en el infierno.

El conflicto ya no era sólo entre mi esposa y yo.

—¿Qué le has dicho a mi papá, eh?

Y comenzamos a atacarnos mutuamente con la única intención de ganar, más que de llegar a ningún acuerdo... ¡Y todo porque había gente observándonos...!

—Ya basta. Estamos en un hospital.
—Usted no se meta.
—Papá, hazme un favor. En el coche traigo un portafolios. Bájalo.

El altercado fue estúpido y llegó a extremos inusitados quizá por tanta gente implicada...

Mi entusiasmo disminuyó un poco al recordar que en la casa, cuando cometí el improperio de golpear a Shaden, Daan estaba dormido y nadie nos veía...

¡Un momento! Me puse de pie de un salto tratando de pescar la volátil idea como quien intenta atrapar un zancudo.

Los padres de ella también se hallaban ahí ¡MENTALMENTE!

—Mira David... He hablado mucho con otras personas y todos están de acuerdo en que no puedo permitir que me sigas tratando así.
—¿Todos están de acuerdo? ¡Vaya! Y seguramente tu madre es la primera en estarlo. ¿Cuándo aprenderá esa señora a no meterse en lo que no le importa?

Definitivamente la regla era contundente:
"SI EL PROBLEMA ES ENTRE TU Y YO LO ARREGLAMOS TU Y YO, Y QUEDA PROHIBIDO HACER PARTICIPES A OTROS O DISCUTIR EN PRESENCIA DE OTROS".
Volví a la libreta de Janette.

Al saber que hay un fisgón escuchando detrás de la puerta, o inclusive, al saber que alguien (tal vez bien intencionado) nos preguntará al día siguiente cómo terminó la riña, no podremos quitarnos la máscara del orgullo. Un testigo físico o *mental nos motivará, sin darnos cuenta, a tratar de mantener cierta imagen y eso bloqueará la sencillez y la humildad indispensables para llegar a un acuerdo con quien realmente importa...* Algunos psicólogos aseguran que **los tres principales factores que causan la desintegración conyugal son el alcohol, la infidelidad y la intervención de los familiares políticos...**

Hice una pausa. ¿La intervención de los familiares...? ¿con todo su amor y buenas intenciones? ¡Era increíble!

Seguí leyendo:

Segunda regla para pelear: **"EL CARIÑO Y LA LEALTAD SON CONCEPTOS NO NEGOCIABLES, POR LO TANTO QUEDA TERMINANTEMENTE PROHIBIDO PROFERIR AMENAZAS TERMINALES"** *¡En toda relación humana que se pretende duradera, debe haber ALGO intocable!, ALGO que no puede por ningún motivo entrar a la mesa de discusión: El cariño... ¡La pareja podrá negociar cualquier cosa, pelear encarnizadamente por resolver las diferencias, pero siempre protegiendo bajo una campana de acero blindado el concepto de su amor!: Este no se perjudicará con los resultados. Amenazas como "si no cambias me largo" o "te advierto que si no accedes nos divorciaremos" o "lo que dijiste acaba de matar mi cariño por ti", ocasionan que la discusión baladí se torne peligrosamente terminal.*

¡Vaya!, me dije, por lo visto mi esposa y yo infringimos todas las reglas.

—¡Te advierto que si salgo por la puerta ahora, no me volverás a ver!

— Debo decirte que si las cosas no cambian, vas a perderlo todo...

— ¿Estás amenazándome?...

—Sólo quiero hacerte saber que ya no estoy dispuesta a vivir con alguien que me ignora... Así que he comenzado a ver abogados...

Me froté la cara contrariado. Muchas frases del zipizape habían estado cargadas de desafío. Aguanté la respiración unos segundos...

Shaden me amenazó con el divorcio y lo cumplió. Yo la amenacé con largarme y llevarme a mi hijo y lo cumplí... ¿Y todo por qué? La pelea pudo haberse centrado sólo en que yo me comunicara mejor con ella y en que ella tuviera más cuidado con la administración de medicamentos de Daan. ¡Eso hubiera sido suficiente!

Volví a la libreta y leí la tercera regla.

"QUEDA PROHIBIDO TENER ACTITUDES EXTREMAS. SI LA PERSONA PIERDE EL CONTROL, DEBERA ALEJARSE, PERO NUNCA REALIZAR ESCENAS QUE LO HAGAN POCO CONFIABLE PARA SIEMPRE"

Cuando a Einstein le preguntaron si existía alguna arma para combatir la mortífera bomba atómica, él contestó que sí, que había una muy poderosa e infalible: La paz...

Todos los seres humanos poseemos un arsenal de alto calibre que por ningún motivo debe usarse con nuestros seres queridos. Esas armas son: gritar, golpear, insultar, romper cosas, maldecir, injuriar a los familiares del otro, azotar puertas, empujar, arrojar objetos, irse de la casa, emborracharse, adulterar, etcétera.

Estos recursos hieren y hacen perder la visión de lo que se discute. Las partes se concentran en devolver sus lanzas con el único fin de lastimar al contrincante.

Las actitudes extremas son como un veneno que daña la relación para siempre, pues aunque después de la lid las personas se reconcilien, el familiar o amigo agredido con ese armamento pesado ya no podrá volver a tener la misma confianza en el otro ni podrá verlo, aunque quiera, con los mismos ojos de antes. Siempre existirá en él, el temor de un desacuerdo futuro y la sospecha de que su compañero reaccione de la misma forma...

Sonreí tristemente. Esa lectura me demostraba lo estúpido, irreflexivo y fantoche que había sido siempre. Yo, en realidad, no tuve razones asequibles para haber golpeado a Shaden, ni para romper el ventanal o las figurillas. Lo hice únicamente por el gusto de hacerle daño... en respuesta a ciertas frases que ella usó antes, para hacerme daño a mí.

— *Eres un puerco. Como marido dejas mucho que desear.*
— *Cállate infeliz.*
— *¡Nunca has madurado. Te crees muy listo, pero la verdad es que eres un cobarde que se escuda en el trabajo para...!*

Volví a la libreta y seguí leyendo.

Cuarta regla: **SE DEBE DISCUTIR UNA SOLA COSA A LA VEZ...** *Al enfadarse, se pondrá sobre la mesa de combate solamente el asunto que haya causado la emoción negativa. Cuando no se sabe pelear, es muy común comenzar reclamando un tema "A" y terminar disputando un "Z" totalmente diferente, después de haber pasado por veintisiete incisos todos ellos sin relación, unos hirientes, otros incoherentes, otros extremadamente añejos, pero todos esgrimidos para lesionar al contrincante con mil pamemas y hacerlo sentir culpable de cuanto malo pasa entre ellos. Una discusión así, no tiene ni pies ni cabeza, el asunto inicial se complica y se deforma al grado que la pareja se siente furiosa y el pleito no tiene solución.*

Me fascinó la forma de describirlo. "Reclamar un asunto A y terminar disputando un Z después de pasar por todo el alfabeto". Eso exactamente nos ocurría siempre a Shaden y a mí...

— *¿Qué le has dicho a mi papá?*
— *¿Fue a acusarme el señorito?*

—*Malvado, ¿por qué te has propuesto destruir mi vida?*

—*Fuiste tú la de la idea del divorcio.*

—*¿Querías que estuviera soportando de por vida tu hermetismo y tu violencia? Además eras muy bueno para exigir ¿pero qué tal para ayudar?*

—*Por si no te diste cuenta, mi hermetismo se debía a la carga de problemas.*

—*¡Te centrabas en el dinero! pero ¿qué hay de la forma de tratarnos?*

—*¿Y cómo querías que tratara a una mujer que siempre estaba quejándose y poniendo a todos de mal humor?*

—*¿Para decir eso querías desayunar conmigo mañana?*

—*No. Quería preguntarte sobre tu amante... ¿piensas casarte con él?*

—*Eres un idiota.*

—*Y tú una prostituta.*

¿Cuál hubiera sido la solución para un altercado de tal jaez?, me pregunté. ¿Que yo le pidiera disculpas a su padre? ¿Que le prometiera ya no ser violento? ¿Que ella se retractara de los trámites del divorcio? ¿Que le ofreciera, por mi parte, ayudarla más en la casa y ser menos hermético? ¿Que me comprometiera a darle mejor trato? ¿Que ella conviniera en cambiar su costumbre de estar siempre malhumorada? ¿Que me confesara de una vez si tenía un amante o no? ¿Que se disculpara por decirme metalizado e idiota? ¿Que yo me desdijera de haberla llamado prostituta?

¿Cómo íbamos a matar ese monstruo de mil cabezas que creamos en tres minutos? Quizá atinando cortarle su testa principal pero ¿cuál era? ¡Imposible! ¡El engendro moriría sólo después de hacerlo explotar completo...

Qué regla más importante... murmuré para mí.

Seguí leyendo.

Al departir no deben traerse a colación asuntos que ya pasaron, que ya se discutieron y que no tiene ningún caso revivir. Hacer eso es como meter el dedo a viejas heridas. Para no caer en este común error, se plantea la quinta y última regla: **"PRO-HIBIDO QUEDARSE CON CUENTAS PENDIENTES; SI ALGO NO ES LO SUFICIENTEMENTE GRAVE PARA DISCUTIRSE AL MOMENTO DEBERA TOLERARSE PARA SIEMPRE..."**

Hay mucha sabiduría en la actitud de algunos padres que no hacen pleitos terribles por que su hijo se peine o se vista un poco raro, o en la de esposas no fumadoras que permiten fumar a su esposo, o en la del varón que deja trabajar a su consorte aunque prefiriese que se dedicara de lleno al hogar, en la de esposas que permiten a su marido invitar eventualmente amigos a cenar. Es sabiduría porque disciernen que obligar a cambiar a sus seres queridos en esas actitudes, necesarias de alguna forma para ellos, ameritaría un altísimo grado de coerción. Por supuesto, no se trata de ser manso o subyugado. Si el asunto es grave se debe hablar claro, pero si no lo es, basta con decirle al compañero lo que nos molesta y dejar bien establecido que por el amor que le tenemos estamos dispuestos a tolerarlo. Esa es la mejor estrategia para que un familiar cambie, la que se basa en la premisa de que aunque no cambie, lo seguiremos amando. Al percibir eso él, a su vez, tarde o temprano, deseará darnos gusto también.

Cerré la carpeta y me puse de pie... Así era de simple. Las actitudes de nuestros seres queridos deben situarse en una balanza. Poner de un lado las cosas buenas y del otro lado las malas. Si las buenas ganan en peso por un alto margen, podremos perfectamente tolerar las malas.

Afuera las voces y ruidos se habían apagado. En el sitio reinaba un silencio total, sólo interrumpido por las infames goteras. Podían respirarse los aromas de frustración y soledad. Repentinamente escuché unos pasos lejanos que se acercaban. Llegaron al claustro un guardia y el abogado de la empresa. Inmediatamente el uniformado introdujo su llave a la cerradura y abrió la celda.

—¿Contador David Arias? —preguntó una voz militarizada.

—Sí.

—Acompáñenos por favor.

Diez

¿Existe la pareja ideal?

Salí muy despacio y caminé por el pasillo junto al guardia.

Llegamos a una salita alfombrada con un escritorio viejo. El abogado de la empresa me esperaba ahí.

—Le tengo una buena noticia —dijo en cuanto me paré al frente—. Algunos de los ilícitos que cometió se perseguirán de oficio, pero otros, los más graves no.

—¿Qué quiere decir?

—Me comuniqué con su esposa hace unas horas. Accedió a comer conmigo. Me sinceré con ella. Le planteé la gravedad de su situación legal. Pensé que no había nada que perder y ya ve. La señora se mostró accesible. A todas luces pude percibir lo mucho que había sufrido. Tal vez no me lo crea, pero aceptó levantar los cargos en su contra...

Me quedé impávido con los ojos muy abiertos. Dios mío... ¡Qué tremenda bofetada con guante blanco!

—El monto de la fianza bajó automáticamente. El doctor Antonio Vallés me dio instrucciones de pagarla y me pidió que le dijera que mañana a primera hora debía usted presentarse en su oficina...

El abogado se puso de pie. Yo agaché la cabeza para no exhibir mis lágrimas y di las gracias.

—Tendrá que esperar en esta sala un rato mientras termino de arreglar los papeles.

Cuando el licenciado salió y me quedé solo puse el viejo cuaderno sobre la mesa y escribí. Lo hice con tanta fuerza que en algunas partes casi traspasé la hoja con la punta del bolígrafo

A partir de hoy, estoy decidido a hacerme una firme promesa. Ignoro lo que será de mí en el futuro, pero definitivamente no voy a darme el lujo de seguirme destruyendo.

Estoy hastiado de mí mismo, harto de tomarme las ofensas tan en serio. Todas las personas tienen sus puntos de vista y sus razones válidas para hacer lo que hacen. No debo molestarme si piensan diferente de mí.

De ahora en adelante me prometo que si alguien me agrede no me defenderé. He aprendido que EL QUE GANA UNA PELEA ES EL QUE SE NIEGA A PELEAR. Si me insultan, no voy a dejar que el insulto penetre a mi corazón. Sólo yo tengo la llave para abrirlo. Voy a impedir que entre basura en él. Si todo lo que me dicen otros lo considero cierto y lo hago mío volveré a caer en la trampa de perder el control.

Me prometo que la próxima vez que sienta ira, lo primero que haré será buscar la soledad. Ahí arreglaré mis desavenencias y me presentaré ante el mundo cuando me sienta en paz con él.

Esto no es un juego. Es una promesa que, por el bien de mi vida y de mis seres queridos, no voy a permitirme romper.

Levanté la pluma del papel y observé el texto. No se requería haber estudiado grafología para identificar en los rasgos firmes, grandes e inclinados un estado de ánimo vehemente.

Sin querer recordé a Daniel.

¡De qué manera me cimbraba el no haberle dado paz en su corta vida! Desde muy pequeño me había escuchado gritar, exigir, maldecir. Reviví mentalmente la forma en que me observó cuando le describí su nacimiento... ¡Hasta entonces me di cuenta de lo sensible que era! ¿Cómo se encontraría ahora? No pude evitar un hálito de angustia al rememorar la escena en que lo hallé tirado en el piso junto al tarro de crema hecho añicos...

Volví a tomar la pluma para escribirle a mi hijo.

Al comenzar a redactar evoqué las escenas de un día en que lo regañé injustamente y no tuve el valor de disculparme.... Un texto de Livingston Larned llamado "Papá olvida"[10] se instaló en mi pensamiento en cuanto comencé a escribir. Continué redactando sin importar mezclar mis ideas con las de Larned y transcribí una nueva versión del poema en la misma hoja en la que había escrito mi juramento.

Daniel:

Hace un par de años me diste una lección que apenas hoy he comprendido. Tuve que estar en la cárcel para captar la magnitud del mensaje que me enviaste...

Era una mañana como cualquier otra. Yo, como siempre, me hallaba de mal humor. Te regañé porque te estabas tardando demasiado en desayunar, te grité porque no parabas de jugar con los cubiertos, te reprendí porque masticabas con la boca abierta. Comenzaste a refunfuñar y entonces derramaste la leche sobre tu ropa. Furioso te levanté de los cabellos y te empujé violentamente para que fueras a cambiarte de inmediato. Camino a la escuela no hablaste. Sentado en el asiento del coche llevabas la vista perdida. Te despediste de mí tímidamente y yo sólo te advertí que no hicieras travesuras.

Por la tarde, cuando volví a casa después de un día de mucho trabajo, me encontré con que estabas jugando en el jardín. Llevabas puesto un pantalón nuevo y estabas sucio y mojado. Te dije frente a tus amigos que debías cuidar la ropa y los zapatos, que parecía no interesarte el sacrificio de tus padres para vestirte, te hice entrar a la casa a cambiar y mientras marchabas delante de mí te indiqué que caminaras erguido. Más tarde continuaste haciendo ruido y corriendo por toda la casa. A la hora de cenar arrojé la servilleta sobre la mesa y me puse de pie furioso porque tú no parabas de jugar. Dije que no soportaba más ese escándalo y me subí a mi estudio.

Al poco rato la ira comenzó a apagarse, me di cuenta de que había exagerado mi postura y tuve el deseo de bajar a buscarte para darte una caricia pero no pude; ¿cómo podía un padre, después de hacer su teatro de indignación, mostrarse sumiso y arrepentido?

Escuché unos leves golpecitos en la puerta.

—Adelante.

Abriste muy despacio y te detuviste en el umbral de la habitación indeciso. Me volví con seriedad hacia ti.

—¿Vienes a despedirte al fin?

No contestaste. Caminaste lentamente, con tus pequeños pasitos y sin que me lo esperara, aceleraste tu andar para echarte en mis brazos cariñosamente. Te abracé y percibí la ligereza de tu cuerpecito delgado con un nudo en la garganta. Tus manitas rodearon mi cuello fuertemente y me diste un dulce y suave beso en la mejilla. Sentí que mi alma se quebrantaba.

—Hasta mañana papito —me dijiste.

Me quedé helado, en mi silla.

¿Qué es lo que estaba haciendo? ¿Por qué me desesperaba tan fácilmente? Me había acostumbrado a tratarte como una persona adulta, a exigirte como si fueras igual a mí, y ciertamente no eras igual; tú tenías una calidad humana de la que yo carecía, eras legítimo, puro, bueno y sobre todo sabías demostrar tu amor... ¿Por qué me costaba a mí tanto trabajo? ¿Por que tenía el hábito de estar siempre enojado? ¿Qué es lo que me estaba ocurriendo? Yo también fui niño, ¿cuándo fue que comencé a contaminarme?

Después de un rato entré a tu habitación y encendí la luz con sigilo. Dormías profundamente. Tu hermoso rostro estaba ruborizado, tu boca entreabierta, tu frente húmeda, tu aspecto indefenso como el de un bebé... Me incliné para rozar con mis labios tus mejillas, respiré tu aroma limpio y dulce. No pude contener la congoja y cerré los ojos. Una de mis lágrimas cayó en tu piel. No te inmutaste. Me puse de rodillas y te pedí perdón en silencio. Es tan difícil aprender a dominarse, aprender a comprender la

pureza de nuestros hijos. Somos los adultos quienes los hace-
mos temerosos, rencorosos, violentos... Te cubrí cuidadosa-
mente con las cobijas y salí de la habitación.

Llevo tres días encerrado, reflexionando en tantos errores
cometidos.

Si Dios me da otra oportunidad y te permite vivir, algún día,
cuando leas esta carta, sabrás que tu padre no era perfecto, pero
sobre todo, ojalá que te des cuenta con ella, que pese a todos
sus errores, te amaba más que a su vida misma...

Cuando llegaron por mí y salí a la recepción del Ministerio Público me encontré al abogado acompañado de Janette Sandri.

Mi jefa me saludó sonriente y yo le extendí la mano avergonzado.

—¿Les parece si vamos a cenar? —nos preguntó.

Me encogí de hombros sin acabar de recuperar la seguridad.

El abogado se disculpó.

—Yo tengo que retirarme, pero vayan ustedes. David lleva tres días a dieta —y soltó una risita que me hizo enrojecer.

Seguí a Janette sin hablar hasta el estacionamiento. Mi jefa subió a su auto deportivo y abrió el seguro de mi portezuela con el botón eléctrico.

Observé el teléfono celular colocado en su compartimiento y al cabo de un rato, venciendo mi cortedad, le pedí permiso para hacer una llamada.

—Claro —respondió dándome el aparato ella misma.

Marqué el número del hospital. En seguida pregunté por la salud del niño Daniel Arias.

—¿Quién habla? —interpeló la señorita.

—Su papá.

—¿Podría darme su nombre completo?

Lo hice extrañado de tanto interrogatorio y sólo entonces ella me confirmó lo que tanto temía. El chico seguía en estado de coma. No había reportado ninguna mejoría.

Las pocas fuerzas que me quedaban se esfumaron.

—Sólo se autoriza la permanencia de un familiar con el enfermo —me dijo la asistente sin que yo se lo preguntara— y su esposa dejó el recado de que, si usted hablaba, le dijéramos que no se molestara en venir pues ella pasaría la noche con el niño.

—Muchas gracias...

Colgué.

—¿Ocurre algo malo? —preguntó Janette.

—Sí... —pero no di más explicaciones y ella tampoco preguntó más.

Casi al momento sonó el pequeño aparatito. Mi jefa lo tomó con la mano derecha mientras conducía el volante con la izquierda.

—¿Bueno? ¿Quién habla? ¿Karen?

El corazón comenzó a latirme rápidamente.

—Ya —continuó Janette—. Vamos a cenar al restaurante "Del Huerto", si quieres puedes llevarme ahí el expediente. Si no, ténmelo listo mañana a primera hora.

Cuando la gerente terminó de hablar con su secretaria explicó:

—Vallés me pidió que le rindiera un informe detallado de tu historial técnico y personal. Quiere hablar contigo, pero antes debo hacerle llegar tu expediente para que lo estudie.

—Me va a despedir ¿verdad?

—Lo ignoro... Pero no hará nada que sea injusto.

—¿Lo conoces bien?

—Sí —agachó la cabeza y se sinceró—, viví en su casa varios años. Es mi padrino. Aprendí a ver la vida como él la ve. Lo admiro mucho...

—Vaya... —contesté—. Si yo hubiese sabido esto hace unos días, hubiese armado un lío pregonando favoritismo en la elección del gerente. Pero ya no. Sinceramente creo que eras la mejor candidata. Tenerte a ti al frente es como tener a Vallés mismo.

Me miró con agradecimiento.

—¿Y Karen preparó los papeles de mi historial? —cuestioné después.

—Sí. Tal vez me los lleve al restaurante...

El mesero se acercó con su libreta. Janette ordenó primero. Le agradecí mentalmente que no pidiera sólo una ensaladita como suelen hacerlo las damas esbeltas. Solicitó un plato fuerte y eso me permitió a mí ordenar otro más fuerte aún, sin desentonar.

El joven dio la vuelta recogiendo las cartas y se retiró

Por unos minutos permanecimos en silencio. Ella no se animaba a entablar conversación pues desconocía si, dada mi evidente pesadumbre, yo prefería estar callado... Y realmente lo hubiera preferido, sin embargo, me sentía halagado y, por qué no decirlo, sanamente embelesado con mi compañera por su inesperada camaradería, así que haciendo un esfuerzo le pregunté:

—¿Y tu esposo? ¿No se molesta por que cenes sola con un compañero de trabajo?

—No. Me tiene mucha confianza. El es pintor. Casi nunca sale. Hemos organizado nuestra vida de forma muy especial.

Le agradecí la confidencia y automáticamente compartí:

—No sé por qué el amor conyugal resulta tan complejo...

—¿Te parece?

—Sí... Lograr un buen matrimonio, son palabras mayores.

—Tal vez tengas razón. Pero en tu caso las cosas van mal desde hace tiempo ¿no es así?

—Hemos tenido etapas muy bellas —confesé—. La dificultad para gestar un hijo, los dos abortos y el embarazo de alto riesgo nos unieron tremendamente. Pero fueron cosas externas. Lo nuestro, supongo, se armó mal desde el principio. Ambos pudimos haber escogido compañeros más afines. Creo que eso también tiene mucho que ver para que el matrimonio sobreviva...

Janette me observó con un claro mohín de desacuerdo. Traté de explicarme mejor y defenderme ante su evidente inconformidad.

—¿Qué haces cuando repentinamente te ves unido a alguien que no cumple con todas tus expectativas? —le pregunté—, ¿alguien que no es tu princesa o tu príncipe soñado? ¿Qué haces cuando, en una palabra, te has equivocado al elegir y te sientes solo, aunque estés acompañado?

Movió la cabeza y se inclinó hacia adelante para hablarme sin parpadear.

—Eso deben pensarlo los jóvenes que tienen oportunidad de escoger, pero ya casado si crees eso David, estas frito. ¡No amigo! Te voy a decir algo que seguramente te va a incomodar, pero trata de oírlo y de entenderlo: Todos, al elegir pareja en primera instancia, nos equivocamos (algunos más que otros, por supuesto). Nadie se casa con su alma gemela, porque para que eso pudiera ocurrir, tendríamos que materializar esa imagen ideal, (de nosotros mismos), que llevamos dentro y convertirla en humana. A veces nos enamoramos perdidamente de alguien y creemos que es nuestra pareja ideal... pero realmente sólo estamos poniendo en él o en ella los atributos del sueño que hemos creado. Cuando conoces bien a esa persona te das cuenta que no era... y ella también se da cuenta que tú no eras... Ahora, quiero que tengas mucho cuidado con esto. Seguir basando tus juicios en el romanticismo pueril e idealista **cuando ya estás casado** es una falta de madurez terrible... Ver a tu pareja con molestia y darte de topes porque te casaste con ella y no con otra, es firmar tu sentencia de muerte... No se trata del QUIEN está conviviendo con quién, sino del COMO lo están haciendo.

El mesero nos interrumpió colocando frente a nosotros las viandas. Me olvidé un poco de filosofías para comer de inmediato. Janette, aunque con menos diligencia me imitó.

Cuando mi voracidad comenzó a disminuir transformándose en un apetito regular, le pregunté:

—¿Quieres decir que la "media naranja" o "el otro yo" no existe? ¿Que podemos aprender a querer a un ser humano incompatible a la fuerza, con simple cálculo racional? ¡No estoy de acuerdo!

—Lo siento —se encogió de hombros—. Tienes derecho en aferrarte a tus psicosis adolescentes, pero esa "cosa esplendorosa" que llaman amor, ese sentimiento de poetas que te hace necesitar imperativa y locamente a una "alma gemela" para vivir, esa sed de una belleza de porcelana que tu espíritu sensiblero y pasional persigue anhelante, efectivamente NO EXISTE... Compréndelo ¡es mentira! —se detuvo para hacer más contundente su afirmación. Por mi parte la escuchaba incrédulo con los ojos muy abiertos—. Erich Fromm escribió: "El amor no es una víctima de mis emociones sin control, sino un siervo de mi voluntad controlada". El amor real, no es una teoría que pueda expresarse en baladas románticas David, no se aprende con suspiros o poesías, porque el amor no es un simple sentimiento: EL AMOR ES UNA DECISION, no sirve de nada proclamarlo con llantos enfermizos ni con vehementes "te amo..." EL AMOR VERDADERO ES ACCION... La Biblia dice: "Que nuestro amor no sean sólo palabras, amémonos de verdad y demostrémoslo con hechos"[11].

¡Cómo se parecían esos conceptos a los expresados por el señor Vallés cuando me explicó que en la vida sólo hay excusas o resultados! No cabía duda ella era una buena ahijada y que nuevamente la alumna comenzaba a superar al maestro...

—Si amas a tu pareja a tus padres o a tus hijos —continuó mi jefa—, ¿por qué tienes una comunicación tan precaria con ellos?, ¿por qué les reprochas todos sus errores, ¿por qué no eres capaz de perdonarlos?, ¿por qué hablas mal de ellos, por qué eres tan resentido y delicado...? Muchos románticos empedernidos podrán defenderse diciendo: "mis familiares tienen la culpa pues no corresponden a lo que yo algún día soñé que ellos deberían ser"... ¡Qué estupidez e irresponsabilidad tan grandes, ¿no te parece? Si así piensas, David, el que tiene la culpa eres tú... **Es falso que entre dos personas se pierda el sentimiento del amor, lo que se pierde realmente son las actitudes, los hechos, los detalles.** ¡Por los detalles tangibles nos enamoramos años atrás, no por los suspiros!... Si quieres que Cupido vuelva a flechar tu corazón te vas a quedar fosilizado; Cupido es un monstruo mitológico. Los enajenantes efectos de un enamoramiento sólo se sienten frente a una persona desconocida, pero espera conocerla y estos se esfumarán. Ser adolescente y creer en el príncipe o princesa de tus sueños resulta hermoso, pero ser una persona casada y seguirlo creyendo es negligente, majadero y necio. En un matrimonio no basta con ser trovador y cantar elegías, hay que hacer crecer al verdadero amor de la única forma que éste puede crecer: con el servicio, ayudando a tu pareja en sus tareas, cuidándola cariñosa y afanosamente durante sus enfermedades, estando a su lado en los momentos de crisis, apoyándola en las buenas y en las malas, abrazándola en silencio cuando hay problemas....

Observé a Janette con admiración y respeto. Era innegable que ella era la autora de "la nueva filosofía" que adoptó la empresa.

Tomé mi bebida y le di un sorbo. Me quedé con la vista perdida asiendo el vaso de líquido...

Vaya semana de regaños y enmiendas.

Regresé la vista a mi plato y traté de seguir comiendo, pero repentinamente me di cuenta que había perdido el apetito. Jugueteé con unos chícharos y no volví a levantar la cara hasta que el mesero me preguntó si podía retirar el servicio. Le dije que sí. Mi amiga había terminado su guisado y me miraba, a su vez, con ojos de ternura.

—Eres un gran hombre David y tu esposa lo sabe. No te des por vencido.

La presión era mucha y la soledad aplastante. Me contuve asintiendo y murmurando un "gracias", apenas audible.

—¡Hola! —interrumpió nuestra intimidad la suave e intelectual voz de Karen.

Me puse de pie automáticamente para saludarla. Janette se quedó en su lugar.

—Toma asiento —le acerqué una silla temblando—. ¿Quieres beber algo?

—No muchas gracias. Si ya se iban, por mí no se detengan. Sólo vine a dejar este expediente.

—Gracias —dijo su jefa.

—¿Y cómo salieron las cosas?

—La situación está bajo control.

Un signo de interrogación se dibujó en el rostro de Karen.

—Mi esposa levantó los cargos... —esclarecí.

—Ah... ¿Y cómo sigue tu niño?

—Mal.

—Mhh —cambió de tema—. ¿Vas a pasar la noche en el sanatorio?

—No. Aún tengo mis cosas en el Hotel Imperial. De todos modos me van a cobrar el día. Voy a descansar en él y mañana muy temprano iré al hospital.

—Muy bien —interrumpió Janette poniéndose de pie—, ¿nos vamos?

Karen salió por su lado deseándome toda clase de parabienes. Janette me llevó al hotel. En el trayecto la vi un poco seria. Tal vez preocupada por las últimas preguntas de Karen; las mujeres tienen un sexto sentido y quizá detectó en los ojos de su secretaria o en los míos algún chispazo de atracción.

—Te voy a dar un último consejo David. Nunca más actúes impulsivamente. Ya vez lo que sucedió con el sacerdote en el hospital.

Di un salto en mi asiento.

—¿Cuál sacerdote?

—Al que le rompiste la nariz...

Si antes de ese momento no estuve seguro de haber enrojecido, lo estuve entonces. El calor de la sangre me quemó las mejillas. Yo conocí a ese joven delgado en una fotografía con mi esposa ¿quién iba a suponer que era...?

De inmediato recordé:

"Usted sabe que en esta casa somos muy creyentes. Por varios días nos estará visitando un sacerdote para hablar con Daan hasta que vaya asimilando el divorcio de sus padres sin traumatismos".

Ese era el hombre que, a su manera, había estado tratando de ayudar a Daan. Quise hablar, pedir disculpas, regresar el tiempo, cambiarle mi tabique nasal por el suyo. Me sentí un guiñapo otra vez.

—Animo David. Todo va a ir bien.

Asentí sin decir más. Su actitud me desconcertaba y me avergonzaba. Era muy obvia. Sólo le faltó decir: "No vayas a acostarte con Karen".

Once

Infidelidad.

Entré directamente a mi cuarto y me desnudé.

Estaba dándome una ducha cuando sonó el teléfono. Mi corazón comenzó a latir con nerviosismo. Casi podía adivinar quién era.

Salí de la regadera y me dirigí al aparato escurriendo. No me equivoqué.

—Hola... —me saludó la inconfundible voz de Karen—. No quise que Janette sospechara nada, por eso fingí irme, pero en realidad quería hablar contigo. Te vi muy mal...

—Gracias Karen... ¿Dónde te encuentras?

—En la recepción de tu hotel —pausa—. ¿Ya ibas a dormirte?

—No... Me estaba dando un baño.

—Si quieres te dejo descansar. Puedes llamarme cuando lo desees. De verdad no pretendo otra cosa que apoyarte...

—Sí... Quiero decir no. No te vayas por favor. Te necesito mucho... ¿Por qué no subes?

Se quedó muda. Pensé que me había excedido en mis pretensiones y corregí:

—Mejor dicho. En unos minutos te alcanzo ahí.

Terminé de secarme con cierto nerviosismo, pero cuando iba a ponerme la ropa me detuve.

"¿Qué estoy haciendo?", me dije. "Estos han sido los días de más provecho que he tenido jamás; no puedo echarlos a perder sólo porque me siento ávido de calor humano."

Me acosté en la cama y traté de relajarme cerrando los ojos.

Como a los diez minutos el teléfono volvió a sonar.

No contesté.

Aún conservaba la vaga esperanza de poder rehacer mi familia y aunque el cuerpo apetecía fundirse en una aventura desesperada, la mente dictaba que provocarla era tanto como arrojar al vacío toda posibilidad de arreglo con mi esposa...

El aparato dejó de timbrar. ¿Y si Karen decidía irse? Me puse de pie rebelándome contra la idea... Yo necesitaba hablar con ella, explicarle que no podía cumplir la promesa que le hice, pues aunque me fascinaba la idea de entregarme desenfrenadamente a la sensualidad, aún amaba a mi esposa... Karen era una gran mujer. Estaba seguro que lo entendería. La congoja me asfixiaba como si un gigante hubiese puesto su mano en mi pecho para aplastarme. No quería hacerle el amor, pero sí apoyarme en ella, platicarle... llorar.

Me encontraba en la cama desnudo, cavilando, cuando unos nudillos indecisos llamaron a mi puerta.

Me levanté. Fui a la puerta.

Miré a través del visillo y adiviné el perfil de Karen ligeramente deformado por la convexidad del cristal

Regresé al ropero y me eché encima la túnica de seda que me obsequió mi suegro la Navidad anterior, la abotoné torpemente, la amarré con las cintas y me puse las pantuflas.

Karen volvió a tocar.

Tomé el rodete de la puerta y lo apreté entre mis dedos indeciso.

—David, ¿estás bien?

Su voz sonó tierna como la de una niña.

Abrí finalmente y la chica apareció frente a mí de cuerpo entero.

—Lo pensé mejor —me dijo—, y decidí que tenías razón. Es preferible platicar a solas, en calma y sin testigos.

Karen era un verdadero peligro, no porque llevara el pelo recogido dejando al descubierto su hermoso cuello, no porque trajera puesto un vestido ceñido y provocativo, no porque me hubiera sugerido darme "la paz que me faltaba", sino porque era una chica dulce, enamorada de mí, con cualidades que mi esposa no tenía...

—Pasa por favor.

Avanzó deteniendo su bolsa al frente con las dos manos. Cerré la puerta muy despacio.

Aunque estábamos solos en una habitación, yo cubierto únicamente de una bata delgada, la verdadera lucha no sería tanto contra el cuerpo sino el cariño que sentía por ella...

—David —se volvió hacia mí y se echó en mis brazos—. Te quiero tanto.

La recibí con afecto, bien que casi de inmediato me separé para acercarle una silla.

—Podemos ordenar algo de tomar si deseas.

—No...

Caminó por el cuarto muy despacio, dejó caer sobre la cama su bolsa de mano, llegó a la mesita circular, se subió a ella y me miró cariñosamente, una pierna en el suelo y la otra doblada sobre el mueble.

—Acércate David. No te reprimas. Tú me necesitas tanto como yo a ti...

Tragué saliva y me quedé tieso observándola. Su invitación era inexorable. Evalué la situación y mis instintos se erizaron sin necesidad de más estímulos. Se trataba de una atracción verdaderamente poderosa que me gritaba: "Deja de pensar y disfruta lo que sientes..."

La suerte estaba echada y ambos sabíamos lo que tarde o temprano pasaría.

—¿Antes el adulterio era menos común? —pregunté a Vallés al día siguiente.

—Sí. Practicarlo significaba caer en los detritus del mundo, se consideraba un pecado sucio y vil. Ahora a las relaciones extra-matrimoniales se le llama "aventuras amorosas", término atrayente y mágico que huele a emociones que no te puedes perder.

Antonio Vallés y yo estábamos hablando en tono afable. Me sentía flotando, como en un sueño acerbo. Mi espíritu se había rendido a la desdicha y el dolor había comenzado a matarme con su veneno lento.

—¿Entonces la infidelidad es una práctica usual hoy en día? —insistí como el colegial que trata de justificar su suspensión en el "mal de muchos".

—Sí. Es la segunda causa directa de divorcios, después del alcoholismo. Aunque debemos tratar de ir más allá. Esos son simplemente escapes. El meollo radica en la disposición de la pareja para pagar el precio de un buen matrimonio.

En su casa me había hablado ampliamente de ese precio. No insití en ello. Las preguntas que me quemaban eran otras.

—Ayer tuve una experiencia bastante peculiar —le compartí sin especificar con quién—. Al principio, créame, no creí que estuviera haciendo nada malo. En ciertos casos de desavenencia conyugal la infidelidad está justificada ¿no le parece?

La mirada del Señor Vallés era como un bálsamo de paz y sabiduría.

—Señor Arias. La infidelidad NUNCA está justificada.

—¿Ni en aquellos casos en los que se ha intentado inútilmente, por todos los medios, corregir la relación y la persona ha sido profundamente lastimada por su pareja?

—Ni en esos casos.

112

—¡Oiga! —me exalté un poco— ¡usted no puede generalizar así! Tal vez se hayan perdido muchos valores, pero también se han logrado aplastar prejuicios y tabúes. Ahora hay pocos seres humanos dispuestos a convertirse en cónyuges mártires porque así lo indican las reglas de urbanidad. Hasta la misma Iglesia, en determinadas circunstancias, da dispensas que anulan el matrimonio. ¡Tenemos derecho a buscar la felicidad y plenitud en el amor de otra persona cuando el cónyuge original ha fallado de manera absoluta!...

—Estoy de acuerdo, pero fíjese muy bien que ya no estamos hablando de infidelidad, estamos hablando de evaluar el problema y ponerle remedio, estamos hablando de decidir abiertamente sin engaños ni hipocresías, quizá separarse, poner tierra de por medio e iniciar una nueva etapa. La infidelidad no es una determinación franca, es una mentira, un engaño, una doble vida en la que se pretende satisfacer las necesidades de afecto fingiendo amor a dos personas al mismo tiempo, devaluando el nivel de moral, destruyendo a la familia con la ponzoña de la deshonestidad... De hecho la infidelidad como concepto real no existe. Lo que existe son otras dos posturas muy distintas a las que debemos llamar por su nombre y dejar de barnizar con tópicos noveleros.

—¿Cuáles son esas dos posturas?

—La PROMISCUIDAD y la COBARDIA. Esas son en realidad las únicas causas y esencias reales del adulterio. No hay más.

¿Promiscuidad y cobardía?

¿Cual de las dos tendencias me impulsó a seguir el juego la noche anterior?

Mi vista se perdió en los recuerdos.

—No quiero tener sexo contigo ahora Karen... —me atreví a decir de forma súbita.

La chica no se inmutó.

Se descruzó de piernas, y dio un saltito para estar en el piso. Caminó hacia mí.

—Shakespeare dijo que nada es bueno ni malo, pues todo está en la mente. Domina tu mente David. Deja de preocuparte por el pasado y por el futuro, estamos tú y yo juntos. No desperdicies algo que hemos deseado por tanto tiempo...

Con gran lentitud acercó su rostro al mío y me dio un beso.

—Tienes razón —le dije.

—Sólo relájate. Olvídate de tus tensiones y respira tranquilo. Vale la pena. Vamos a disfrutar este momento...

Me senté sobre la cama tratando de no pensar.

Karen me abrazó por el cuello, de pie, atrayéndome hacia ella y apretándose entre mis piernas.

Puso sus manos sobre mis hombros y volvió a besarme. Luego las deslizó por el quimono de seda, lo desabotonó con lentitud, introdujo sus dedos entre la tela y mi pecho y comenzó a acariciarme jadeando ligeramente.

Por instinto la abracé y recorrí a mi vez su cuerpo con las manos.

La suave tela del vestido se ceñía a sus curvas como si no existiera.

Mis movimientos eran torpes y nerviosos.

Karen, al verme tan lento y titubeante se desabotonó el vestido. Seguí delineando la figura de la chica con la puntas de los dedos por el exterior, pero ella atrapó mi mano derecha y me invitó a seguir explorando el terreno por el interior.

—¿Cuál es la diferencia entre un promiscuo y un cobarde? —cuestioné a Vallés—. ¿No tiene el adúltero, en última instancia, ambos defectos?

—Tal vez, pero para definir mejor las ideas, diremos que un promiscuo es un tipo inmoral, a quien no le importa acostarse con mujeres eventualmente ni llevar enfermedades venéreas a su pareja, alguien que por su inmadurez califica a las damas como objetos de placer. La promiscuidad es muy común en los hombres ignorantes y viscerales. Pueden ser ricos o pobres, eso no importa, la degeneración de sus comentarios, chistes y tendencias los distingue. Gastan el dinero de su casa, poco o mucho, en vicios y sexo. Dicho de paso, esos sujetos son más útiles para sus familias dos metros bajo tierra que vivos.

Me sentí contento de descartarme a mí mismo de tal definición. Me gustaban las mujeres, mas no era promiscuo.

— En cambio el cobarde es alguien que tiene un problema pero no lo quiere enfrentar — continuó Vallés — . La infidelidad es para él como un escape igual que para otra persona puede serlo el alcohol o los tranquilizantes. El cobarde se sumerge en su aventura sin darse cuenta que está firmando cheques en blanco; mitiga de momento los síntomas de su fastidio conyugal, buscando en otros brazos sentirse atractivo o estimado y contribuye así a disfrazar el verdadero problema dejando que empeore. En vez de encararse con toda sinceridad a su pareja, asumiendo los riesgos y aceptando de forma adulta el resultado de dicha confrontación, opta cobardemente por el adulterio, de la misma forma que el avestruz esconde su cabeza para sentirse a salvo[12].

¿Yo era promiscuo o cobarde? No había muchas opciones.

— Hace tiempo — continuó Vallés — , escuché por casualidad a cierto consejero matrimonial hablando con un hombre casado que tenía relaciones sexuales con su secretaria. El sujeto confesaba sentirse terriblemente mal y no saber cómo salir del arillo. Me asombró mucho que el orientador le ofreciera tres alternativas simples, claras y concisas: UNA: Dejar a su esposa, a lo que respondió que no quería hacer eso. DOS: Dejar a su amante, a lo que contestó que le era imposible, y TRES: Dejar a ambas y comenzar una nueva vida, a lo que dijo decepcionado:

»"No, usted no entiende". El consejero se levantó de su silla y gritó como si quisiera que las palabras pudieran penetrar a través de la coraza hermética del hombre: "¡Es usted el que no entiende!, ¡solamente tiene tres opciones!, ni una más; podemos pasarnos todo el día reflexionando en cómo su cochino pasado lo arrojó hasta donde está, pero usted sólo tiene tres opciones; tarde o temprano deberá enfrentar la situación y si se demora mucho en decidir o si decide mal, su familia pagará el precio de su **cobardía** y usted se quedaría solo, abrazando una ilusión. **(13)**

Karen se adelantó para que el peso de su cuerpo me obligara a recostarme sobre la cama. No opuse mucha resistencia.

A punto de perder el control, la suerte, quizá como último recurso antes del cataclismo, me permitió ver un trozo del pote de crema azul debajo de la cómoda.

¡Veinticuatro horas antes había hallado a mi hijo inconsciente en esa misma habitación!

—No —la empujé poniéndome de pie—. No puedo.

—¿Pero por qué?

—Algo no está funcionando. Mi cuerpo te desea como un loco pero mi mente sabe que no está bien.

—¿Pero por qué? No estamos haciendo nada malo. Tú ya eres un hombre divorciado.

No quería fijarme en los papeles firmados o en los procesos legales.

—Ya firmé, pero aún me considero un hombre casado.

—No seas ridículo y ven, tengo mucho frío.

La contemplé con el vestido desabotonado; era la tentación encarnada y lo peor de todo es que sentía una gran ternura por ella, algo muy cercano al amor, pero todavía no amor. Aprendí recientemente que el amor es una planta que crece según se riega y se abona. Lo que sentía por ella, en todo caso, era la SEMILLA del amor, y si tenía relaciones sexuales, sería tanto como darle una fortísima dosis de fertilizante a esa semilla. Después de una entrega apasionada, Karen ya no sería para mí la misma mujer ni yo para ella el mismo hombre. Nos volveríamos amantes y de entonces en adelante estaría íntimamente unido a ella, me gustara o no...

116

Me abrazó y comenzó a acariciarme desenfrenadamente. La disponibilidad de esa mujer era, para mi débil naturaleza masculina, simplemente imposible de rechazar; la calidez de su cuerpo se había metido en mi sangre y me quemaba; respiré hondo tratando de controlarme, mas al instante me di cuenta que no iba a lograr eso con yoga o meditación trascendental, así que cambié el plan. Dejé que sus caricias continuaran, la ayudé a estimularme y me concentré con intenciones de alcanzar el clímax. Cuando éste llegó, la joven se separó asombrada; supuestamente eso no tenía que ocurrir, pero yo lo propicié deliberadamente para truncar la aventura. En ese momento descubrí con sorpresa que la fórmula de sofocar el fuego extrayendo el oxígeno podía salvar a cualquier hombre de la calcinación sexual. Lejos de experimentar vergüenza por mi eyaculación egoísta, me sentí triunfante, había recuperado el control.

Me disculpé. Fui al baño en busca de papel higiénico.

Es verdad que "el uso deliberado de la facultad sexual fuera de las relaciones conyugales normales contradice su finalidad" y que "la masturbación es un acto intrínseca y gravemente desordenado"[14], pero también es cierto que los varones podemos cometer de errores a **errores** y que el recurso de provocarse un orgasmo usado por los adolescentes para desfogar sus pasiones contenidas en la etapa crítica,[14 bis] puede servirles como **arma infalible** para regresarlos a la ecuanimidad, antes de engarzarse en un episodio carnal comprometedor.

Cuando salí del sanitario, totalmente libre de excitación, encontré a Karen despojada de su ropa. Verla, ya no me provocó mayor impresión. Era simplemente una mujer desnuda. Se acercó para abrazarme, pero mis hormonas se habían echado a dormir. Casi de inmediato comprendí que había tenido mucha suerte. Probé la ruleta rusa y, por azar, la bala no me mató; jugué a ser un poco infiel y gané, pero no era una garantía que las cosas terminarían así, si volvía a jugar...

—¿Qué te ocurre mi amor? —preguntó consternada.

—Me siento enfermo. Física y mentalmente.

—Es natural que estés deprimido, para eso he venido yo. Refúgiate en mí. No sigas sufriendo....

Sentí una gran ternura; sin atracción química, sólo quedaba la amistad;

Karen me jaló hacia la cama. Me resistí. El gesto seductor se tornó en forcejeo.

—Por favor... —espeté liberándome de ella.

—No te opongas bribón —amenazó con dulzura—. Estoy comenzando a sentirme despreciada.

Se estrechó nuevamente. La recibí en mis brazos, la tomé por las mejillas y le di un beso suave.

—Karen, entiéndeme, no es desprecio... Mi honestidad es lo único a lo que podré asirme para vivir si mi hijo fallece y mi esposa se va.

—Ya terminaste con ella —insistió

—Casi...

—¿De veras crees que tu matrimonio tiene alguna solución?

Guardé silencio... La idea de que Shaden se hubiese acostado con otro hombre me enfermó, pero después, al saber que el tipo a quien le rompí la nariz era el pastor de la familia y no su amante, me sentí un estúpido que, lo menos que podía hacer, era defender su integridad.

¿Por qué los varones nos creíamos con derecho a ser infieles? ¿por qué nos gustaba hacerla pero no que nos la hicieran?

—Sí tiene alguna solución —contesté—, de no creerlo, en este momento estaría contigo dentro de las sábanas.

Karen se separó. La escena fue para ella contradictoria y tétrica.

—No te entiendo —me dijo irguiendo el busto desnudo—. Estoy empezando a creer que eres un sádico pervertido. Tú provocaste todo esto.

Podía ser. La solución mágica que usé no fue sino sacar un clavo con otro clavo y es que, estando hembra y macho solos, el embrollo tenía que desembrollarse de alguna forma.

—Creo en los mensajes callados —continuó—, y tú me enviaste muchos indicándome que deseabas mayor intimidad... Ahora que la tienes te acobardas... ¿Eres impotente o te gusta burlarte de las mujeres?

Estuve a punto de disculparme, de agacharme, de explotar ante tanta presión, de abrazarla continuando el juego hasta el final, ya no respondiendo al deseo erótico sino a la vergüenza de alguien, que aunque inerme y perdido, se negaba a dejar de ser un caballero.

Karen había comenzado a vestirse y a decir maldiciones mientras lo hacía.

Me acerqué a ella e intenté tocarla pero me rechazó.

—Eres un tonto —masculló—. ¿Por qué no lo detuviste antes?

—Es que en realidad te deseaba mucho... Eres una amiga a quien adoro, pero no estuve seguro de lo que tenía que hacer hasta que te vi conmigo.

—Tonto —repitió—. Tu misma esposa fue la que me platicó que firmaste los papeles. Ella no te quiere... Entiéndelo... Te vas a quedar solo... Evita llamarme entonces...

Mi zozobra se trocó en ira repentinamente.

—¿Mi esposa te platicó? ¿Dónde la viste?

Terminó de vestirse.

—Te burlaste de ella y ahora de mí. Tendrás que pagarlo.

—Espera —le dije— no quise ofenderte.

Pero la chica salió y me dio con la puerta en la nariz.

Doce

Despidiéndose del ayer

Me quedé temblando.

Vi a Karen alejarse por el pasillo del hotel zigzagueando, acomodando su bolsa en un hombro y luego en otro...

¡Qué situación tan confusa! ¿No hubiera sido mejor hacer lo que ella quería y quedar en paz en vez de haberla agraviado así?

No, me contesté de inmediato, definitivamente el clavo que usé *solo*, hará menos daño y entrará menos profundo que el que *juntos* dejamos de usar. Karen carecía de armas competentes para dañarme, su único recurso podía ser la difamación, pero si nos hubiésemos convertido en amantes la orquesta sonaría muy distinto: Ella me tendría literalmente en sus manos. Podría chantajearme, acusarme con la verdad (¿cómo se defiende uno de la verdad?) e incluso exigirme más cada vez sin que yo pudiera chistar...

En fin. ¿Hasta cuándo iba a dejar de meterme en líos?

Cerré la puerta interiormente con la cadena de seguridad.

Encendí el televisor y traté de distraerme cambiando los canales durante casi una hora. Fue inútil.

Lo apagué desganado.

Iban a dar las once treinta de la noche. Seguramente Shaden estaba todavía despierta pendiente del pequeño. Marqué el número del hospital, pedí que me comunicaran al piso de terapia media y finalmente solicité hablar con la madre del pequeño Daniel Arias. Esta vez no me preguntaron quién llamaba, pero en cambio, después de decir "un momento", me tuvieron suspendido en el aparato por casi diez minutos.

—¿Bueno? —contestó finalmente mi esposa con voz baja y gutural.

—Hola Shaden.

De inmediato me reconoció y se quedó muda. Tuve miedo de que me colgara, así que me apresuré a declarar:

—Quiero darte las gracias por haber levantado los cargos.

Continuó callada.

—¿Estás ahí?

—Sí.

—¿Cómo sigue el niño?

—Igual...

—Shaden. Yo sé que no es coherente, pero hoy aprendí muchas cosas. ¿Podríamos hablar mañana?

—No —su voz sonó esta vez terriblemente segura—. Ya no tenemos nada que hablar. Simplemente déjame en paz.

—Pero...

No me dejó continuar.

—¡Grábatelo en tu cabeza de una vez por todas. Nuestro divorcio es i-rre-ver-si-ble!

Me quedé frío y sin aliento.

El tono intermitente de la línea telefónica siguió casi de inmediato a la última afirmación de Shaden.

Di vueltas en la cama durante horas sin lograr dormir. Mi cuerpo estaba exhausto hasta el dolor, pero mi mente seguía trabajando, conjeturando, hilvanando ideas.

Encendí la luz de la recámara y miré el reloj. Iban a dar las tres de la mañana.

Me puse de pie un poco mareado. "Distrayendo la sesera puede ser que pesque el sueño", me dije buscando en los cajones algo que leer.

¿Cómo se engaña al pensamiento cuando nos hallamos en el filo de una **navaja enorme** que hace las veces de frontera en nuestro destino? No podía permanecer sobre la aguda hoja porque en pocos minutos mi resistencia llegaría al límite y sería cortado en dos como un limón, tampoco podía saltar hacia atrás porque el pasado me rechazaba abiertamente y definitivamente no quería saltar hacia adelante porque el futuro me daba miedo.

Una cosa resultaba clara: Mi divorcio era i-rre-ver-si-ble.

Hallé mi copia de la carpeta de Janette y sin pensarlo dos veces me volví con ella hasta el colchón, esperanzado en que su lectura me ayudara, no tanto a dormir, cuanto a saltar de la mortal navaja.

Tendido boca arriba hojeé desganado la nueva filosofía. En la cárcel me había familiarizado con ella. Estaba dividida en dos partes. La primera titulada: "ayudando a mi empresa a crecer" y la segunda "ayudándome a mí mismo". En el segundo sector de la carpeta los escritos eran menos técnicos. De ahí estudié el tema de cómo pelear. Había incluso una buena cantidad de fábulas, poemas y frases célebres.

Atrajo mi atención un capítulo titulado **"NADIE PUEDE AMAR-TE CON MASCARA"** y comencé a leerlo sin imaginar el impactante efecto que tendría en mí.

Cuenta cierta leyenda oriental que un dragón se hallaba solo, nadie lo quería, pues aunque era temido, admirado y respetado, todos guardaban su distancia con él. Un día, oprimido por la depresión decidió convertirse en palomo para acercarse a la gente. *Estaba jugando en la plaza con unos niños cuando de repente sintió el dolor de una pedrada cayendo sobre su frágil cuerpo. Tres rapaces lo persiguieron arrojándole objetos y pateándolo cuando le daban alcance. A punto de morir fue rescatado por una pareja que pasaba por ahí; ellos dispersaron a los pequeños pillos, lo tomaron en sus manos, lo llevaron a su casa, lo curaron, lo mimaron, le dieron las mejores muestras de amistad y cariño. El ave sanó y el dragón escondido en ella supo que tenía que volver a su tierra solitaria o nunca más podría hacerlo. Estuvo pensando y dilucidó: Los dragones viven muy solos, no conocen el amor y eso los conduce con frecuencia a hacer tonterías; las palomas, en cambio son vulnerables, fácilmente las hieren, pero también son aptas para recibir afecto y caricias... de modo que decidió quedarse para siempre en su nueva condición...*

Interrumpí la lectura sin acabar de entender. ¿Estaba comparando a los hombres herméticos y cerrados con basiliscos?

Seguí leyendo. Debajo del cuento había un texto del extraordinario filósofo y teólogo Carlos G. Vallés, S.J.

"Ser vulnerable es abrirse al amor.

Nadie puede amar a un monstruo gigante cubierto de escamas y de aspecto infernal, en cambio, sí es posible querer a una paloma y más aún, si está herida por la mano del hombre.

Ser vulnerable es ser humano.

Quien quiere protegerse con armaduras impenetrables se aísla. Puede ganar respeto pero no amor.

Quien presume de ser indiferente, de que todo le da lo mismo, de que no le afectan alabanzas o rechazos, de que sabe vivir por su cuenta y está por encima de los demás, se quedará así, por encima, seco, estéril y lejos del contacto humano.

Saber que puedo ser herido, me une a mi hermano, me hace más amigable. Al ser frágil declaro que necesito de otros. Ser vulnerable es dejarse querer.

Tal vez por eso Dios quiso voluntariamente venir a la Tierra, a sufrir y a llorar con los hombres, a amar y dejarse amar por los hombres... (cita textual [15])

Cerré la carpeta.

Todos mis problemas me alejaron de Dios. Comprendí que sólo ayudado por El, iba a poder saltar de la navaja... Quise hablarle pero no pude. ¡Yo era, ni más ni menos, un dragón solitario y espantable!

¡Vaya que había sabiduría en el pasaje!

Había aparentado constantemente lo que no sentía y me había mostrado fuerte cuando deseaba llorar.

Era demasiado. No sabría dar un paso más así. Mordí el cojín y dejé que el llanto lastimero y desgarrador fluyera, drenando consigo toda la amargura contenida en el alma durante meses, durante años quizá. Nadie me veía. Eso me permitió desahogarme de forma ingente. Mi llanto se volvió tan profuso a ratos, que varias veces perdí la respiración.

La congoja comenzó a matizarse de angustia. Me atormentaba la idea de perder a mi hijo justo en el momento en que había aprendido a amarlo.

Me puse de pie y decidí vestirme para ir al hospital, aunque tuviera que permanecer en el sillón de la recepción esperando que amaneciera. Sentí que mi alma se partía en dos. Necesitaba saltar de la navaja *ya*... Hecho un mar de lágrimas me arrodillé y encorvé el tronco poniendo la frente sobre el piso

—Dios mío... —invoqué entrecortadamente—. Ayúdame a reconstruir mi vida... No te lleves a mi hijo... Dame la fuerza de saber que al menos tú si me amas... Creo en ti, sé que existes y me escuchas, he aprendido la lección.

Mi voz siguió saliendo, mi mente orando. No puedo recordar cuanto dije en esa plegaria, sólo sé que mi oración se prolongó durante mucho tiempo. La tregua de Dios comenzó a percibirse en mi guerra interior. Los pensamientos se clarificaron y un deseo inerme de mutilar la parte de mí que seguía unida al pasado me hizo levantarme y caminar trastabillando a la cómoda.

Aunque mi divorcio fuera irreversible. La vida tenía que seguir. Tomé una pluma y comencé a escribirle a mi esposa **la última carta de despedida.**

Shaden:

Hace tres días consumé el acto más terrible y doloroso de mi vida; me siento un ser miserable, deshecho, acabado; nunca me imaginé que firmar ese papel me causaría tal sensación de frustración...

Estoy en la habitación de un hotel. Siempre creí que el divorcio me daría libertad y felicidad... Qué equivocado estaba...

Tú y yo solíamos hacer huracanes en vasos de agua, discutíamos de manera enconada por detalles de poca importancia... ¿Por qué nos separamos? No lo sé, no existen razones verdaderamente fuertes, excepto que al pelear nos faltamos al respeto, que enojados dijimos cosas imperdonables, que durante la riña hicimos todo por herirnos, que llegamos a extremos terribles, a gritos, agresiones, insultos.

No fue el motivo de las peleas lo que nos separó, sino las peleas mismas. Y las peleas surgían continuamente, de la nada.

Somos diferentes y eso causaba incomodidades al otro: Tú reservada, yo sociable, tú impuntual, yo malhablado, tú abstemia exagerada, yo bebedor social, tú despilfarradora, yo tacaño, tú madre sobreprotectora, yo padre liberal; la lista podría ser interminable. Me deshice al divorciarme de todo aquello que califiqué como defectos tuyos, sin embargo, en la soledad de esta habitación oscura, han venido a mi mente muchas virtudes tuyas que también perdí al perderte. Sin querer he recordado la forma en que nos enamoramos, la belleza de nuestra identificación espontánea, la grandeza de nuestras promesas eternas, la primera vez que nuestros cuerpos se fundieron con desesperación y ternura, tu sufrimiento y mi angustia cuando nació nuestro hijo, tu modestia, tu sencillez...

Al poner en la balanza las cosas buenas y las malas me doy cuenta por qué me siento un desdichado.

Por enfrascarnos en peleas tontas dejamos que esos años compartidos se perdieran.

Caramba... tengo bajo mi cargo un empleado que llega tarde, que ha robado, que ha hablado mal de mí y aun, con todo, lo tolero porque me saca adelante mucho trabajo, porque es muy eficiente en la cuestión técnica, lo conservo porque aunque tiene defectos, sus virtudes son difíciles de hallar y pesan mucho más... Tú también soportabas que la sirvienta fuera respondona, un poco abusiva y sucia y lo hacías porque sabías que si te ponías tan estricta con ella, también perderías todos sus enormes beneficios... Ambos usamos la balanza mental para aceptar a un empleado o a una sirvienta ¿Por qué no fuimos capaces de usarla entre nosotros?

Realmente nos amábamos. Eramos importantes el uno para el otro. ¿Como permitimos que cosas tan sencillas nos separaran?

Ahora que estoy lejos de ti me doy cuenta que una parte de mí se quedó contigo... Escribo esta carta con el lamento de un miserable hundido, la escribo llorando profusamente como un niño que se ha perdido... Las lágrimas no me permiten continuar.

Dios mío.... El día que rapté a Daniel me dijo que mamá estaba muy extraña, me imploró que ya no me peleara con ella, me preguntó cuándo regresaríamos todos a la casa y yo no pude decirle la verdad, me quedé con el terrible nudo en la garganta y balbuceé apenas que volveríamos muy pronto... Adoro a mi hijo y no me gusta verlo sufrir... El no tiene la culpa de la ineptitud de sus padres...

Sé que lo nuestro no tiene arreglo, y como despedida, quiero decirle a la mujer de la cual me enamoré hace muchos años que a pesar de no poder reparar lo que rompimos, una zona de mi corazón sigue implorando tu presencia, algunas células de mi ser que se niegan a morir siguen clamando por ti y una parte de mi alma se quedó contigo para siempre...

126

Trece.

Sexo con tiempo.

El penetrante repiqueteo del teléfono me despertó, pero no violentamente. En mis sueños imaginaba la campana lejana de una escuela que llamaba incesantemente para salir de clases. Los timbrazos se aproximaron poco a poco hasta que mi cerebro dio la señal de que era el teléfono, de que me había quedado dormido sobre la cómoda después de escribir la carta, de que mi hijo estaba en el hospital y de que quizá se trataba de una llamada de emergencia. Todo en un segundo.

Salté subrepticiamente y descolgué la bocina.

—David, ¿te encuentras bien?

—Sí —articulé pastosamente todavía semidormido—. ¿Quién habla?

—Janette Sandri.

—¿Pasa algo malo?

—No. Quizá lo contrario. Llamé al hospital hace unos minutos y me informaron que el niño, aunque sigue inconsciente, ha comenzado a dar muestras de sensibilidad. ¡Parece que puede oír!

Mis ojos se abrieron como platos y mi corazón comenzó a latir apresuradamente.

Miré el reloj. Iban a dar las diez de la mañana.

—¿Te pido un favor? —pregunté alargando la mano hasta mis pantalones y poniéndomelos.

—Sí.

—Dile al señor Vallés que iré a verlo más tarde.

—Ya lo hice. Daniel está en la habitación nueve del séptimo piso.

—Gracias.

Y colgué sin decir nada más.

Llegué corriendo al hospital y entré como ráfaga por el recibidor sin solicitar información ni pedir permiso.

Choqué de frente con una enfermera. Tirarla, ayudarla a levantarse, pedirle disculpas y seguir corriendo fueron sólo un acto.

Ni siquiera me molesté en oprimir el botón para llamar al elevador, entré corriendo a las escaleras y subí los siete pisos sin reparar en la fatiga.

Me detuve en el umbral del cuarto de Daan jadeando. Dentro estaba mi esposa, mis suegros y el neurólogo Marcos Rangel.

—¿Puedo pasar?

—Adelante —dijo el doctor. El resto de los presentes me ignoró.

Shaden hablaba al oído del niño, mi suegro le sobaba los pies y la señora acariciaba su frente.

Observé la escena sin decir nada. Al cabo de unos minutos me aproximé a Shaden.

—Déjame intentarlo.

Se puso de pie y me cedió su lugar sin hacer otro comentario.

128

—Daniel —le hablé con un volumen más alto—. Soy yo, tu papá, ¿me escuchas? Sé que me escuchas —rectifiqué— y no quiero que te angusties. Estamos a tu lado, no vamos a dejarte; te queremos mucho hijo, relájate y siéntete tranquilo.

El médico percibió una ligera respuesta en el EEG permanente y nos animó a seguirle hablando.

Al momento todos los presentes comenzamos a proferir frases cortas y deshilvanadas, unos le urgían a despertar, otros le prometían viajes y juguetes, su madre y yo le asegurábamos cariño. El doctor Rangel detuvo la zambra haciéndonos señas con ambas manos.

De repente Daniel levantó la ceja izquierda como si tuviera un tic.

—¡Está tratando de decirnos algo! —profirió Shaden al borde de la histeria—. Doctor por favor ayúdelo. ¡Está escuchando, está pensando!

—Tranquilícese. Baje la voz.

Si eso era cierto, no debíamos transmitirle nuestra angustia. Y en verdad que nos invadió —a mí al menos—, una sensación de impotencia y pánico. Estar encerrado en un cuerpo que se niega a obedecer, razoné profanamente, debe producir claustrofobia.

—Háblele usted señor. Platique con él lo más que pueda —indicó la autoridad discerniendo que fue mi voz la que lo había hecho reaccionar.

Le di la espalda a los presentes y me enfrenté a Daniel. Parecía dormido; inspiraba y espiraba ayudado por un artilugio mecánico; de su cuero cabelludo rodeado por una suerte de malla, salían los cables de electrodos que conectados a un aparato detrás de su cabeza, medían sus impulsos cerebrales en microvoltios. Traté de desaparecer de mi mente el tétrico escenario e imaginé que estábamos sólo él y yo.

—Daan —le dije—. Estoy muy contento por lo que platicamos en el campo de golf. ¿Te acuerdas? Haberte relatado la forma en que naciste me hizo sentir más cerca de ti y también me ayudó a darme cuenta que ya no eres un niño y mereces que te compartamos todo...

En el recinto se hizo el silencio automáticamente. Parecía que los presentes se hubieran quedado congelados.

—Cuando llegué a la habitación y te vi en el suelo —continué—, me asusté mucho. Tal vez no recuerdes lo que te pasó; quiero explicarte que fue sólo un ataque muy fuerte. En este momento estás volviendo de él. Sé que te está costando más trabajo, pero lo vas a lograr, tenlo por seguro. Dios está contigo. ¿Recuerdas lo que hablamos en el campo de golf? Tú eres una bendición. Naciste, aunque los médicos decían que eso iba a ser imposible. Y ante los malos augurios después de tu llegada, saliste adelante y creciste. Eres un chico muy fuerte.

La voz se me quebró un poco. En otra ocasión hubiese respirado hondo y apretado las mandíbulas para mantener la ecuanimidad, pero ya no me esforcé por eso.

Me acerqué a Daan y me estreché con él.

—No se te olvide lo que te dije. Estabas muy grave, en una incubadora, conectado a sondas y dependiendo de colchones térmicos. Tu vida se hallaba en un hilo. Los doctores recomendaron que me resignara a perderte, pero no quise hacerles caso —las lágrimas comenzaron a fluir, no las detuve—, le dije a Dios que no importaba si mi hijo estaba enfermo, le pedí llorando que, a cualquier precio, te permitiera vivir...

La nostalgia comenzó a invadir toda la habitación. De cualquier manera la presencia de los espectadores ya no me inhibía. Estaba solo con Daan.

—Y cuando se lo pedí, hijo lindo, sentí su imponente presencia —hice una pausa para limpiarme un poco el rostro empapado, pero era inútil; mi llanto se había vuelto copioso—. Sentí su infinito poder —continué—, su infinita bondad. En mi delirio imaginé que El me veía y entonces no me importó que nadie en el mundo celebrara conmigo tu nacimiento.

Me separé del pequeño cuerpo unos instantes. Seguía inmóvil, serio, respirando rítmicamente a través del fuelle de oxígeno.

—Ese día, hice una oración, —proseguí reponiéndome un poco—, ¿la recuerdas?, te la dije en el campo de golf. Fue algo mágico. Mi vida cambió cuando la hice... ¿Te parece si la hacemos juntos hoy?

Lo tomé de la mano y lo apreté con fuerza.

—Tú no puedes hablar, pero sí puedes repetir estas palabras en tu mente. Hazlo mi vida.

Me detuve. Mi suegro se acercó y puso su mano sobre la pierna derecha de Daan. Al ver esto, mi suegra se aproximó también y tocó al niño en la otra pierna. Sólo mi esposa se quedó inmóvil llorando detrás de mí.

—Dios mío —proferí—. Eres poderoso, sabio, bueno. Señor... Gracias por lo que está pasando. No lo entiendo pero tú sí. Desde la profundidad de esta bóveda te invoco para que me rescates. Soy el más pequeño de tus hijos, no te olvides de mí. Dame fuerza y valor, sana mi cuerpo. Yo sé que tú eres feliz con la alegría de tus hijos, sé que no te gusta el dolor. Sáname Padre. Me entrego a ti sin condiciones. Toma mi vida Señor... Y toma la vida de mis padres, te las entrego con todo mi amor. Son todo lo que tengo...

No pude seguir hablando. El llanto me venció. Agaché la cabeza y abracé a mi hijo.

—Vamos a pedirles a todos —declaró al fin el especialista decano—, que abandonen la habitación unos minutos. Realizaremos algunas pruebas al niño para determinar su respuesta neuronal antes de dar un diagnóstico y definir los pasos a seguir.

Obedecimos sin protestar.

Salí presuroso del edificio.

Deseaba acudir a la cita con el presidente de mi empresa y volver lo antes posible al hospital.

Llegué a las oficinas corporativas cerca de las dos de la tarde. Las pocas veces que las visité antes, fantaseé con la idea de tener algún día mi puesto ahí, pues en ellas se tomaban las más altas decisiones de las tres plantas productivas de la compañía. En esta ocasión mi estado de ánimo distaba mucho de ser entusiasta. Me sentía como el acusado que llega a la corte.

No tuve que hacer antesala. El señor Vallés me recibió casi de inmediato. Si su casa me sorprendió por la comodidad sin ostento de lujos, su oficina me asombró por lo amplia e imponente.

El presidente corporativo me tendió la mano con firmeza. Su mirada era seria pero tranquila. En sus terrenos, el aspecto del hombre se tornaba admirable. Traía un traje claro, impecable, rostro límpido como si hubiese salido recientemente de la ducha.

Tomé asiento en el sillón de visitantes frente al conservador escritorio de caoba.

—Bien —me dijo—, parece que las cosas se han complicado en su vida ¿no es así?

Hice un movimiento de impotencia con la cabeza.

—Usted es un gerente. Tiene a su cargo muchos empleados. De alguna forma es observado por todos ellos.

Agaché la mirada. Era evidente hacia dónde se dirigía.

—Lo conducente —prosiguió—, sería retirar el mal ejemplo sin más averiguaciones. De hecho, le confieso que fue la primera indicación que di, pero cambié de opinión. Quiero que usted mismo me explique lo ocurrido antes de hacer nada más.

—¿Desea que le informe sobre la situación legal?

—No. Quiero oír al hombre, al esposo, al padre de familia. ¿Cuáles son las dudas y convicciones *humanas* que hay detrás de nuestro gerente?

Suspiré. Yo sabía que en su carpeta negra debía tener mi expediente detallado. Tal vez el hombre sólo deseaba comprobar si mi actitud era al menos lo suficientemente honesta para decir la verdad... ¿Pero cuál era la verdad que él conocía? Había recibido un informe de Janette recopilado por ¿Karen?... Dios mío... ¿Habría tenido Karen oportunidad de agregar algo al legajo durante la mañana?

Bien. Mi verdad era compleja y vergonzosa, pero era mi verdad. No tenía mejor arma para defenderme más que mostrarme *sin máscaras*. El anciano propietario de la empresa decidiría en base a ello y, por supuesto, yo respetaría su decisión.

Le relaté lo ocurrido en el bar, el encuentro de mi hijo tirado en el cuarto de hotel, la pelea en el hospital, cuanto aprendí en la cárcel, la plática con Janette en el restaurante "Del Huerto" y la tentación sexual tan enorme que enfrenté después. Titubeé al llegar a este punto pues me cuidé de ocultarle que la referida era Karen, bien que no descarté la posibilidad de que ya lo supiera. El hombre me observó con gesto sencillo y duro a la vez. Me pidió más detalles del último episodio. Entonces la emoción me hizo perder ecuanimidad. Le conté abiertamente cómo herí a una buena amiga sin querer, cómo disminuyó mi respeto y admiración por ella cuando la vi disponible, ofreciéndose sin recato, y cómo el sentimiento de culpa me ayudó a mantener mi honestidad, a pesar de tener un divorcio en puerta.

—Es admirable lo que usted hizo —comentó.

—Sin embargo —pregunté para darle un giro a la entrevista—, en algunas ocasiones la infidelidad en el matrimonio se justifica ¿no cree?

Entonces comenzó a hablarme ampliamente al respecto. Mientras él me exponía sus conceptos sobre el adulterio, yo recordaba los detalles de mi aventura...

—¿Y la falta de sexo satisfactorio en el matrimonio —cuestioné después—, no ocasiona también infidelidad?

—Claro, —su talante mostró reflexión—. ¿Cómo era su vida sexual con Shaden?

—Regular. Ella y yo nos habíamos alejado mucho... ¿considera que eso contribuyó a nuestro cisma?

—Quizá. Una pareja que se alimenta no sufre desnutrición, en cambio los desnutridos decaen fácilmente.

—¿Está usted diciendo que el sexo es un alimento para los casados y que si no se toma, la pareja enferma?

—Eso exactamente estoy diciendo.

—Pero el alimento sexual se va haciendo insípido con los años.

—No necesariamente. Como ocurre con casi todos los alimentos, son buenos **en base a su preparación**. La comida es superior si se guisa con esmero, se sirve con atención y se saborea en la sobremesa —hizo una pausa para darme tiempo a traducir todas las analogías y concluyó firmemente—: El deseo sexual en el matrimonio se va apagando **en la medida en que se apaga el gusto por preparar el encuentro**.

No contesté a esa afirmación. ¿Me estaba diciendo que lo importante no era el acto sexual, sino lo que ocurría antes y después de él?

—¿En qué momentos se siente usted más atraído sexualmente por Shaden? —preguntó el anciano.

—Cuando llego a la casa y la encuentro de buen humor —contesté de inmediato—, cuando está arreglada y vestida de la forma que me gusta, cuando la veo segura de sí misma, entusiasmada por algún trabajo que realizó, cuando tiene atenciones para conmigo, ah, y también cuando la descubro reflexionando, ensimismada en sus pensamientos.

—¿Ve la importancia de lo que ocurre antes? ¿Y ella? No por ser mujer crea que está exenta de deseos sexuales, ¿en que casos supone que se debe sentir más atraída por usted?

Me encogí de hombros. Hipócritamente no quise contestar, aunque conocía bien la respuesta.

—Yo se lo diré —increpó—. Una mujer anhela compartir el lecho con su pareja el día que la trató con respeto y cariño, la escuchó con paciencia, tal vez la invitó a salir, la ayudó a hacer sus compras, colaboró en arreglar las latas, o quizá simplemente cuando le compró alguna nimiedad especial o, no sé, cuando tuvo algún gesto de amor para la gente que ella ama, como sus padres o hermanos.

—Todo eso —me defendí ¿no es romanticismo pueril del que hablábamos?

—El romanticismo está hecho de suspiros. El amor de hechos. La relación sexual como alimento, sólo nutre si se cuece, rehoga y adereza. El placer sexual en la pareja se consigue no con técnicas eróticas complicadas, sino dedicándole tiempo.

—Sin embargo —rebatí—, no todo es cuestión de preparación. De la misma forma, al momento del contacto sexual, algunas cosas fallan. ¿Cómo se supera ese obstáculo?

—También con tiempo querido amigo. ¿Cuándo fue la última vez que invirtió cincuenta o sesenta minutos disfrutando a su esposa? ¿Cuándo fue la última vez que dejó que ella lo disfrutara a usted sin ninguna prisa? No estoy hablando de orgasmos, el clímax podrá venir o no, ¡es lo menos importante! Algunos estadistas sexólogos declaran que las relaciones sexuales en la pareja casada dura en promedio 11 minutos, ¿qué tipo de alimento podemos ingerir en once minutos? ¡Comida chatarra, ingredientes sintéticos! ¡Eso es todo!

Me quedé pensativo. El promedio de duración entre Shaden y yo era menor a eso. Yo la instaba a concentrarse para que tuviera el orgasmo rápido y me enojaba con ella si se tardaba demasiado.

—El acoplamiento sexual tiene un precio y debe ser pagado —continuó Vallés usando su comparación favorita—. Si sólo se persigue el placer habrá sexo pero no amor... Aprender a conocer a nuestra pareja y hacer lo que a ella le gusta significa trabajo. Algunas técnicas modernas de sexualidad comprobada[16] recomiendan cambiar de mentalidad respecto a la mecánica del acto sexual. Si se está acostumbrado a realizar la unión rápidamente se sugiere ahora jugar al juego de ir y no ir, continuar y detenerse, estimular sin consumar el acto, crear cosquilleos desesperantes y aplicarse abierta y decididamente a provocar un deseo creciente, hasta que la naturaleza de ambos amenace con explotar.

El presidente se detuvo unos segundos. Era una forma interesante. Me imaginé a Shaden desnuda, quieta, expectante, mientras yo, sin mirar el reloj, permitía que vista, olfato, tacto, gusto y oído reconocieran cada milímetro de su ser, memorizaran cada sensación de su piel, disfrutaran cada centímetro de su cuerpo...

— Todo joven varón debería instruirse bien a este respecto antes de casarse, pues es común hacer de la desfloración de la esposa el acto más lamentable. La luna de miel no tiene por qué ser sinónimo de dolor como si se tratara de una cruel novatada. La mujer virgen a la que el esposo le da su tiempo, la prepara, la hace desearlo, **aunque no consumen el acto sino varias noches después**, definitivamente se enamora del marido y se lo agradece de por vida.

—Pero no es lo común —interrumpí.

—El sexo es el mecanismo número uno que requiere de TIEMPO para funcionar sincronizadamente. No debemos dejarnos llevar por la sordidez y el egoísmo. Siempre será más cómodo para un varón alcanzar el placer rápidamente, sin preámbulo, usando el cuerpo de su esposa como un objeto estimulante y sin darle a *ella* el tiempo que merece. Estas conductas infames perjudican tarde o temprano la relación conyugal, más que las llamadas disfunciones sexuales.

—¿Pero entonces las disfunciones como eyaculación retardada o precoz, vaginismo, frigidez y otras, no juegan un papel tan importante en los divorcios como se piensa?

—Señor David. Existen terapias y terapeutas. Un problema de ese tipo si se atiende, se soluciona, no hay más; igual que una enfermedad infecciosa se soluciona si se atiende. Sólo requieren invertir tiempo y esfuerzo LOS DOS JUNTOS. Uno sólo no puede arreglar el conflicto de dos....

Vallés había dado sencillamente en el blanco **COOPERACION MUTUA, DELICADEZA Y TIEMPO,** habían faltado claramente entre Shaden y yo...

—Ponga usted su parte y las cosas comenzarán a componerse.

—Pero Shaden no puso su parte, —protesté—, prefirió huir que quedarse a trabajar; "inconformes que se quedan", ¿recuerda? Ella no se quedó.

—Querido contador Arias. Yo no puedo apoyarlo a usted en ese concepto. En la sociedad latinoamericana es raro que un matrimonio se deshaga sin que antes la mujer haya hecho todo por salvarlo. Cuando la esposa deserta, casi siempre es porque no queda otra solución. Reconózcalo. Los hombres metidos en su trabajo, envueltos en un estilo de ser autoritario y malhumorado suelen ser los causantes de la avalancha que se les viene encima después. ¿Cómo entiende un alcohólico el daño que está haciendo a su familia? Muy fácil: ¡Cuando se queda sin familia! ¿Cómo entiende un mal hombre a valorar a su pareja? ¡Cuando la pierde! Lo que Shaden hizo estuvo muy bien... Usted ha tenido que pagar la colegiatura de un curso de superación personal y conyugal con dolor... Duro o no, somos mejores individuos después de haber tomado el curso... La vida nos hace estudiar diplomados y después nos manda la factura...

—¿Además del "sexo con tiempo" existe algún otro ALIMEN-TO importante en el matrimonio? —pregunté.

—Sí. Mark Twain dijo: cuando me hacen un cumplido tengo energía para vivir cuatro meses. Por cada comentario negativo que un padre profiere a un hijo debe darle cuatro positivos para mantener el equilibrio. En la pareja sucede lo mismo[17]. Felicitar al cónyuge, halagarlo, animarlo y escucharlo, son alimentos nutritivos e indispensables para la salud matrimonial.

Sonreí con agradecimiento. Era cierto que en la madrugada de ese día salté el filo de la navaja y me planté decidido en el futuro, pero ahora que Vallés me obligaba a voltear la cabeza, podía percibir que la mortal hoja cortante se había caído al suelo y no necesariamente se interponía entre mi pasado y yo.

—Tiene usted que estabilizar su vida otra vez —me dijo poniéndose de pie—. No será fácil, pero enfrente el reto con decisión, con la cara en alto, tomado de la mano de Dios... Y por favor, preséntese a trabajar en cuanto lo haya logrado...

—¿Eso significa que no estoy despedido?

—Su lugar estará esperándolo...

Le estreché fuertemente su mano.

—No sé lo que vaya a pasar en mi vida personal, pero una cosa sí sé: Yo le devolveré con creces todo el bien que me ha hecho.

Llegué al hospital con una idea fija en la mente. Antes de subir, pasé por la base de enfermería y me detuve indeciso.

—¿Puedo servirle en algo? —preguntó la encargada en turno.

—No... gracias... —comencé a retirarme, pero a los pocos pasos me detuve y me volví titubeante.

—Pensándolo bien, sí. ¿Usted podría informarme si mi esposa o mi hijo recibieron alguna visita ayer por la noche?

—No se permite la entrada de ninguna persona ajena después de las diez —me informó la chica amablemente.

—¿Pero si alguien llega y se anuncia en la recepción, ustedes llaman al familiar del enfermo para que baje?

—Sólo si es algo urgente.

—¿Y ayer, nadie llegó a buscar a la señora Shaden con carácter de urgente?

—Yo no estuve de guardia a esa hora, pero permítame un momento. Si hubo algún recado para su esposa debe estar anotado aquí...

La señorita extrajo una pesada libreta verde que depositó sobre el mostrador y comenzó a hojearla. A los pocos segundos profirió.

—Aquí hay algo. Tiene usted razón. Su esposa recibió una visita como a las once de la noche y una llamada telefónica a las once treinta.

—Yo la llamé a las once treinta pero ¿Quién la visitó antes?

—Aquí solo escribieron la palabra "Karen".

Catorce

Los suegros

—¿Todo está bien? —cuestionó la joven al verme palidecer.

—Sí. Muchas gracias

Caminé hacia el elevador para subir al séptimo piso.

¡Pero qué estúpido había sido! ¡Aproximadamente a las diez treinta la secretaria de la gerencia general salió de mi hotel y por lo visto acudió directamente al hospital para desagraviarse. Tal vez esa era la razón por la que Shaden tardó tanto en contestarme a las once treinta cuando la llamé, ¡estaba con Karen! Seguramente por ello la noté callada y taciturna antes de decirme que no la molestara más pues nuestro divorcio era irreversible.

Llegué a la habitación y encontré a mi esposa sentada junto a la cama del niño.

—Hola —la saludé.

Se volvió para mirarme y me sonrió con tristeza.

—Hola.

—¿No ha habido mejoría?

Negó con la cabeza observando al pequeño. Sus párpados se llenaron de lágrimas. Apretó los labios con desesperación.

—Todo saldrá bien —caminé hacia ella y quise poner una mano sobre su hombro, pero me detuve.

Me senté a su lado. Era curioso. El semblante de Shaden delineaba un hálito de belleza sumamente raro cuando atravesaba por las peores crisis. Lo percibí en la antesala de cada uno de sus abortos necesarios, lo capté en el quirófano unos segundos después del nacimiento de nuestro hijo prematuro, lo advertía en esos momentos de angustia y terror. Su boca pequeña se sesgaba ligeramente contorneando una sonrisa invertida, sus ojos negros se teñían de un tono casi endrino y su expresión desamparada la bañaba de una luz sui géneris. Era una mujer buena. Sus facciones duras, sin dejar de ser sutiles, la hacían parecer una dama respetable; a nadie se le hubiera ocurrido calificarla como mujer sensual; su forma de vestir conservadora no correspondía a los atuendos de las féminas pasionales, pero Shaden era sensual, y eso no lo sabía nadie más que yo...

—¿Por qué no vas a casa de tus padres y descansas esta noche? Cuidaré bien a Daan, te lo aseguro.

Movió la cabeza negativamente sin articular vocablo.

Suspiré. Era inútil. Entre ella y yo se había abierto una brecha infranqueable.

Salí de la habitación dejándola a solas con el pequeño que dormía.

Me dirigí lentamente a la salita de descanso y poco antes de llegar me detuve.

Mis suegros estaban ahí... El señor de pie, en actitud reflexiva, la señora sentada en el silloncito sin hablar.

Una mujer anhela compartir el lecho con su pareja el día que la trató con respeto y cariño, la escuchó, o simplemente, cuando tuvo algún gesto de amor para la gente que ella ama, como sus padres o hermanos.

Al verlos solos, la voz de mi conciencia me increpó con encono: "¿Quieres a Shaden?", a lo que de inmediato contesté que sí. "Pues entonces entiende esto: ella jamás te perdonará si te sabe enemistado con sus padres; será injusto e incongruente, pero **las relaciones conyugales nunca podrán sanarse del todo cuando uno de los miembros de la pareja agravie o menosprecie a los familiares del otro.** Si pretendes pedir amnistía a tu esposa deberás bajar la cabeza, guardarte en la bolsa el maldito orgullo y pedírsela primero a sus padres."

Comencé a acercarme a ellos y me paré otra vez.

Congeniar con los suegros es, sin duda, uno de los trabajos indispensables para la rehabilitación marital pero, también es uno de los más difíciles.

Reinicié mi andar. Entré a la sala sin decir nada y me senté en el sillón viejo y raído del rincón. Tomé una revista y comencé a hojearla. ¿"*Trabajo* indispensable para la rehabilitación conyugal", había dicho?

¿Sabe? Yo no le temo al trabajo. Si "tiempo y trabajo" son las palabras clave que permiten lograr todo en la vida, no hay excusas para fracasar...

Mis suegros estaban ahí...

Pasé con nerviosismo las hojas de la revista sin leer.

"Tal vez no es el momento adecuado para abordarlos, racionalicé, dentro de unos minutos alguien llegará a la sala y me quedaré a medias en el intento."

Miré el reloj. La manecilla del segundero se convirtió en un dedo acusador que me señalaba. "Puedes ocupar los próximos diez minutos en distraerte hojeando una revista o puedes enfrentar el reto de hablar con ellos y pedirles una disculpa por lo que hiciste; si eliges la revista tendrás resultados cuando alguien te pregunte de qué trata y tendrás excusas cuando te pregunten respecto a la relación con tus suegros."

En la vida sólo hay excusas y resultados y las excusas no valen.

El reloj seguía avanzando. Estaba dejando caer al vacío la mejor moneda. Me puse de pie y me aproximé.

—Suegros. ¿Me permiten hablar unos minutos con ustedes?

La señora levantó la cabeza abriendo mucho los ojos. El señor frunció el rostro a la expectativa. Hubo un silencio tenso.

—Sé que tienen muchas razones para estar molestos conmigo. No pretendo que se olviden de ellas. Si yo tuviera una hija como Shaden, casada con un patán como yo, también estaría molesto.

Los señores me veían inexpresivos sin contestar nada.

—Aunque Shaden y yo nos separemos, y parece que así será, habrá algo que nos unirá por siempre a través de las distancias. Y ustedes, al estar, a su vez unidos a ella, no podrán desvincularse totalmente de mí.

—¿A qué se refiere? —preguntó la señora.

—El mundo podrá destruirse, pero yo siempre seré el padre de ese niño y ustedes serán sus abuelos... Al menos podríamos ser amigos.

El señor fue a decir algo y la señora lo mandó callar.

—No le tenemos confianza David. Es usted una persona muy impulsiva. Será mejor que aprenda a mantenerse alejado. Eso es todo.

—Yo tampoco me tengo mucha —sonreí con tristeza—, créanme, pero *estoy intentando cambiar.*

Los señores se turbaron un poco, no hallaron argumentos contra eso. Rematé al verlos entre la espada y la pared.

—Si no les nace darme la mano, no lo hagan por mí. Háganlo para brindar cierta paz a su hija.

Lo que yo creí que iba a darme el punto decisivo, echó todo a perder.

—Nuestra hija no desea que nos reconciliemos con usted —dijo el hombre.

—Eso es muy cierto —confirmó la señora—. Para ella sería tanto como aliarnos con su enemigo.

—No lo tomen así. A ella le gustaría...

—Está usted un poco chiflado, por lo que se puede ver.

Shaden, escuchó discutir a sus padres y salió del cuarto para aproximarse a nosotros con grandes pasos. Cinco metros antes de llegar preguntó qué pasaba.

—Nada —me anticipé.

Los señores la tranquilizaron con un gesto.

—Ya nos vamos hija. Mañana vendremos a primera hora.

La tomaron alternadamente por los hombros y la besaron en la cara.

—Que pases buenas noches.

—Ustedes también.

Shaden me brindó una mirada francamente amenazadora antes de darse la vuelta y retirarse a la habitación del niño.

En el sillón viejo y raído del rincón, sin acostarme del todo ni cubrirme con cobijas, pasé la noche, hojeando a ratos una revista.

Entre sueños escuché voces, pasos y ruidos excesivos. Abrí los párpados un poco y miré el reloj; iban a dar las cuatro de la mañana. En el pasillo había enfermeras que corrían saliendo y entrando del cuarto ¿de Daan? Me puse de pie de un salto.

—¿Qué pasa? —caminé hacia ellas.

—El niño...

Entré a la habitación.

Mi esposa se había subido a la cama con Daniel y le hablaba. En el recinto no había orden. Dos galenos que se hallaban de guardia habían acudido y combinaban sus opiniones con mandatos y providencias. Me abrí paso. Casi me fui de espaldas sintiendo un escalofrío fulminante. ¡Daniel estaba acostado con los ojos abiertos!

El doctor Rangel llegó en ese momento. Le informaron, que el niño había vuelto en sí, pero su reacción era muy rara...

—No reconoce a nadie —añadió uno de ellos sin que nadie le preguntara.

Llegué frente el chiquillo. Shaden, le comentaba cuánto lo amaba, le decía quien era ella, pero Daniel no daba señas de enterarse, sólo la miraba con las cejas fruncidas y un cierto rictus de temor. Me paré junto a la cama frente al pequeño y le pregunté si me recordaba; su respuesta fue igualmente ambigua. Su sistema auditivo funcionaba, pero sus neuronas no parecían lograr relacionar ideas.

Llevé mi mano derecha hasta su rostro y quise acariciarlo pero se separó desconfiado. Al instante me levanté y encaré a los médicos.

—¿Qué está pasando? ¿Puede hablar? ¿Piensa?

Ninguno de los especialistas me contestó.

Volví a la cama y tomé al pequeño por los hombros con ambas manos.

—Somos tus padres. ¿No te acuerdas de nosotros?

—¡Por favor hijo, haz un esfuerzo!

Daniel, siempre silente abría mucho los ojos y se acurrucaba con un esguince de pavor cual cervatillo acorralado por humanos.

—Vamos a tranquilizarnos —indicó el doctor Rangel—. El niño requiere que sus padres le hablen y lo estimulen pero con mucha ecuanimidad para no asustarlo.

Comenzamos a hacer lo que se nos pedía de diversas maneras y por bastante tiempo, sin embargo, la mente de Daan no lograba reconocernos ni su boca articular palabra alguna.

Fueron varias horas agobiantes. Shaden y yo nos deshicimos frente a él en cuentos y dramatizaciones. Daniel observaba a ratos y a ratos prefería cerrar los ojos para evadirse de escenas que a todas luces debían parecerle grotescas. Cerca de las ocho de la mañana el pequeño volvió a quedarse profundamente dormido.

Estuvimos observándolo impotentes sin decir palabra.

Yo no lograba comprender el complejo mecanismo de la naturaleza humana. Ese cuerpo era de Daan, ese cerebro pertenecía a él, pero Daan mismo estaba extraviado dentro de un universo inexplorado, al que ni los científicos ni sus seres más cercanos teníamos acceso.

Caminé hacia afuera de la habitación.

Por fortuna en la salita había un pequeño sanitario donde pude arreglarme el cabello y asearme la cara; debo admitir que me entristecí más —si esto fuera posible aún—, al contemplar en el espejo mi faz ojerosa y enjuta. ¡Cómo se acartona el aspecto humano con las penas!, me dije.

Ya porque habían sufrido una fuerte tensión en las últimas horas, ya porque sembré en su corazón la semilla de una posible tregua, mis suegros no cumplieron su promesa de presentarse temprano al día siguiente. En cambio, recibimos la visita de alguien a quien no esperábamos: El señor Antonio Vallés.

Cuando salí del baño, se hallaban en la salita: Shaden, el doctor Rangel y el presidente corporativo de mi empresa. El anciano llegó justo en el momento más crítico, de modo que le tocó escuchar la explicación que nos dio el médico.

—El sistema nervioso central del niño funciona bien: Todos sus sentidos responden a los estímulos y parece hallarse sano, si no fuera porque la encefalitis desconectó algunas vías conductoras de la memoria a corto y largo plazo provocándole amnesia profunda.

La noticia de su posible lesión sempiterna nos cayó como balde de agua helada, bien que, a todas luces, era preferible al estado vegetativo.

—Es como un bebé. No recuerda nada. Ni siquiera las conexiones de símbolos orales. El problema parece tan severo, que puede llegar a ser permanente —nos informó el médico—, si es así, habrá que volver a enseñarle todo... La rehabilitación de estos casos no resulta sencilla.

Nos dijo que sería trasladado a una habitación ordinaria en el tercer piso y estaría en observación veinticuatro horas más. Después de ese tiempo, sano o no, lo daría de alta.

Por mi parte no logré opinar nada cuando el médico explicaba sus conclusiones. El diplomado que la vida me había hecho cursar era muy bueno, pero la factura estaba llegando excesivamente cara...

Marcos Rangel se retiró. Mientras las enfermeras hacían los preparativos para el cambio de piso, Shaden, Vallés y yo nos quedamos sentados, pensativos, cabizbajos en la sala.

—¿Ya conocías al dueño de la compañía en que trabajo? —le pregunté a Shaden.

—Hace unos minutos él se presentó. Es un honor que nos acompañe señor.

—Gracias —dijo Vallés—. Pero quiero hacer algo más que acompañarlos. Ayer, señora, platiqué con su esposo un largo rato. El tuvo la confianza de compartirme todo lo que les ha pasado en los últimos días.

Me puse alerta pues detecté en él una mirada agresiva.

—Tal vez —continuó—, la confusión o la angustia no les permita arreglar otros problemas que parecen secundarios, pero vine a decirles que ayudar a un hijo es mucho más fácil si los padres están unidos. Existe una magia divina en el amor conyugal que allana los problemas y produce milagros...

Shaden levantó la vista asombrada.

Recordé con detalle las palabras del hombre poco antes de que sobreviniera el caos. No las comprendí tan bien, sino hasta entonces.

— Señor Arias, no cometa una tontería. ¿Quiere darle a su hijo el mejor regalo? ¡Ame a su esposa! Cuando sienta deseos de solucionar los problemas del niño piense primero que debe solucionar los suyos. Eso es lo que más ayudará al pequeño. Entiéndalo. Arreglar los conflictos del niño no aliviará los de usted y tarde o temprano él volverá a encontrarse mal porque usted lo descuidará de nuevo. Ponga en orden sus prioridades. **La base de la sociedad no es la familia, sino la pareja. El matrimonio es el fundamento de la humanidad. Si los cónyuges siguen divorciándose, las familias seguirán desintegrándose y la sociedad pudriéndose...**

—¿Cómo van las cosas entre ustedes? —preguntó sin especificar a quién.

Al ver, después de un rato, que ninguno decía nada insistió:

—¿Por qué no pueden hablar como personas maduras y arreglar sus diferencias?

Me quedé helado por la falta de delicadeza del sujeto. Vaya manera de poner el dedo en la llaga.

146

Quince

El perdón.

—No tenemos ya nada que arreglar —contestó mi esposa.

—Eso es mentira. Si dos personas que vivieron juntas no pueden darse la mano para, al menos desearse buena suerte con sinceridad, significa que aún tienen cosas pendientes que arreglar.

Shaden enmudeció. Cuando yo estaba a punto de decir que no valía la pena continuar con eso, ella levantó la voz visiblemente airada:

—¿Y cómo quiere que arreglemos las cosas? David me ha herido mucho. Las heridas del alma no cicatrizan de inmediato.

—¿Y usted no lo ha herido a él?

—Tal vez. Pero no de la misma forma.

Aparentemente el pozo estaba seco y las posibilidades de hallar un nuevo venero eran casi nulas.

—Bien —declaró el anciano con energía—. Ambos formaron una familia hermosa que ahora está deshecha... Independientemente de la enfermedad del niño, ustedes la deshicieron. Los dos se han herido, están llenos de un natural resentimiento, los dos sienten que su vida va a cambiar radicalmente y por supuesto los dos tienen miedo al futuro. Ante tan graves emociones compartidas ¿no creen que valdría la pena hablar un poco al respecto?

—Pierde su tiempo señor. David y yo jamás podremos volver a unirnos.

—Nadie dijo eso. No vine a hacer el papel de conciliador romántico. Ustedes son adultos y saben lo que hacen, pueden seguir cada uno su rumbo a partir de aquí, pero lo importante es sufrir lo menos posible, enfrentar con serenidad el futuro y dejar de perjudicarse uno al otro.

Tomé asiento con lentitud, realmente interesado en el tema que se acababa de tocar.

Shaden no podía ocultar su pena. Miraba a Vallés con los ojos brillantes por las lágrimas, como si el hombre fuera un salvador que pudiese sacarla del infierno.

—Los seres humanos nos dañamos unos a otros —continuó Vallés con decisión—. Hay muchas personas acusadas y sentenciadas injustamente a diario, cientos de chicas seducidas, miles de mujeres abandonadas, millones de hombres asaltados o golpeados; a nuestro alrededor pulula la sevicia, el abuso sexual, el chantaje, el fraude, la violencia familiar, el incesto y, lo más frecuente, la falta de consideración de nuestros seres queridos. Cuando hemos sido afectados por algo así, sobreviene en nosotros un odio natural, un deseo de tomar revancha y una terrible soledad. Nadie está exento de ser lastimado por otro ser humano, es más, me atrevería a decir que a todos nos seguirá ocurriendo y debemos desarrollar un mecanismo de defensa para no permitir que, por atropello de alguien, nuestra vida pierda sentido.

—¿Mecanismo de defensa? —cuestioné—, ¿a qué se refiere?

—Sólo alcanzan la plenitud de la vida quienes asimilan y practican el **perdón**. La única manera de extraer de nuestro cuerpo el veneno que nos inyectan otros, es perdonando. Así como lo oyen. De nada sirven parapetos. La gente los va a herir a menos que se vuelvan ermitaños encapuchados. Perdonar es abrir una puerta que los sacará del recinto de la amargura. Corrijan el concepto en su cabeza por favor: Al perdonar a la persona que me dañó, no le estoy haciendo un favor a ella, me lo estoy haciendo a mí mismo; cuando perdono sinceramente a mi agresor, la paz me inunda aunque mi agresor no se entere; de la misma forma, cuando lo odio, me invade la pesadumbre aunque igualmente mi ofensor esté totalmente ajeno a lo que siento por él.

Recordé una anécdota leída muchos años atrás: Cierto oficial del ejercito americano que había estado en la segunda guerra mundial se enteró de que uno de sus más queridos compañeros se hallaba solo y enfermo. El exitoso militar buscó la casa de su amigo. Entró a ella y reconoció en un sujeto pobre y acabado a su viejo compañero de guerra. Al poco rato de platicar, el hombre fuerte le preguntó al débil si ya había perdonado a los nazis a lo que éste respondió con una vehemencia inusitada: "No. De ninguna forma. Todavía los odio con toda el alma". "Entonces —le contestó su amigo entristecido— te tengo una mala noticia, si aún no los perdonas, eso significa que ellos todavía te tienen prisionero".

—Es terapéutico aprender a perdonar —continuó Vallés hablando, con volumen alto y rapidez efusiva—. Deténgase en esto: A perdonar se aprende. No es instintivo ni basta con decir "ya lo olvidé". A mí en lo personal me ha costado trabajo ejercitarlo. Les confieso que durante mucho tiempo estuve buscando la fórmula, leí cientos de libros y consulté a decenas de consejeros y guías espirituales. Ninguno de ellos me ayudó. Sabía que el perdón era la respuesta, pero no hallaba la manera práctica de llegar a él. Finalmente deduje una técnica de tres pasos. A mí me funcionó y desde entonces siempre la comparto con mis amigos. Por favor pongan mucha atención. ¡Es importante! Para perdonar a alguien se requiere: **Número uno** ENFRENTAR ABIERTAMENTE EL DOLOR por lo que nos hicieron. **Número dos**, EVALUAR LO QUE NOS CUESTA AQUELLO QUE PERDIMOS, y **número tres**: REGALAR MENTALMENTE LO QUE PERDIMOS. Para dar el primer paso, dejemos de racionalizar diciendo "no ocurrió nada, a fin de cuentas no me afecta en lo absoluto la conducta del otro, algún día me las pagará, pero definitivamente yo estoy bien". Esa actitud es absurda, *ENFRENTAR ABIERTAMENTE EL DOLOR* es reconocer que estamos terriblemente heridos, que el proceder de aquél sí nos afectó, nos hizo daño, nos duele definitivamente... El segundo paso, *EVALUAR EXACTAMENTE LA PERDIDA*, significa calibrar lo que nos quitó, hacer un recuento real de lo que perdimos y reconocer el valor que eso tenía para nosotros.

Hizo una pausa con la intención de permitirnos ir punto por punto en nuestros razonamientos. Shaden tenía la vista extraviada, definitivamente atrapada por el tema. ¿Qué fue lo que yo le quité a ella? Seguridad, auto respeto, alegría de vivir, la oportunidad de culminar su carrera, la tranquilidad de sus padres? ¿Qué fue lo que ella me quitó? ¿Mi familia? ¿Mi paz? ¿Mi hijo? ¿Cuánto nos dolía a cada uno la pérdida?

—El tercer paso, —continuó Vallés—, es el más difícil, es el salto de la muerte, el punto culminante y definitivo. Sin el tercer paso, los otros dos no sirven más que para reconocernos abiertamente como mártires; con él, en cambio, la fórmula hace estallar el mal y nuestra vida se llena de energía positiva otra vez. Hemos reconocido el dolor y evaluado lo que perdimos, ahora debemos *REGALARLE A NUESTRO AGRESOR AQUELLO QUE NOS QUITO*, pensar que decidimos obsequiárselo; no se lo merece, definitivamente, pero como, de cualquier modo, ya no lo tenemos, vamos a volvernos mentalmente su amigo, tratar de ponernos en sus zapatos, comprender sus razones, justificar sus impulsos y decirle con nuestro pensamiento: "Eso que me quitaste (ya sé perfectamente qué es y cuánto me duele haberlo perdido), quiero pensar que te lo regalo..." Este último paso es el verdadero perdón, es el giro definitivo, el último dígito de la combinación. Sin él no hay nada, con él todo.

—Poniendo los pies en la tierra, ¿no sería más realista —pregunté—, una vez evaluado lo que perdimos, exigirle al agresor que nos lo devuelva, para DESPUES perdonarlo?

—¡De ninguna forma! La mayoría de la gente cree que el perdón debe ser así, pero es una reacción absurda. Si usted, por ejemplo rompe un jarrón en mi casa, yo se lo cobro y cuando me lo paga le digo "lo perdono", en realidad no estoy perdonando, sino haciéndome tonto y burlándome de usted. Al cobrarle el importe de un error, estamos a mano, en cambio, si verdaderamente perdono, el ofensor ya no tiene que pagar.

—Ya entiendo. Sería ilógico decirle a un hombre que estuvo diez años en la cárcel, después de cumplir su condena: "Está usted perdonado".

Shaden me miró directamente por primera vez.

—Sin embargo —profirió ella—, no se le puede decir a un asesino "te perdono, sal a la calle y sigue haciendo fechorías", las sanciones se imponen por algo.

Vallés captó hacia dónde quería ir ella y refutó:

—No sea tan literal señora, usted no es una dictaminadora de delitos. Es una mujer que sufre por la conducta de su esposo, ha valorado el costo, ha enfrentado el dolor y ahora se halla ante la disyuntiva de tener que regalarle ese costo.

—Pero no se lo merece —insistió.

El Señor Vallés casi levantó la voz exasperado:

—**El perdón es un obsequio inmerecido. Igual que el verdadero amor. El amor real jamás podrá ser un premio, el amor es un regalo. Los seres humanos superiores son capaces de decirle a sus hijos y a su pareja: Te amo, no como premio a tu conducta sino a pesar de tu conducta... Nadie que condicione su cariño a alguien, lo ama verdaderamente.**

Hubo un silencio tenso. En realidad eran ideas penetrantes e irrefutables; formaban parte de una forma distinta de ver la vida, de una mentalidad más elevada. Entonces comprendí por qué era el dueño de la empresa... Para llegar alto por la escalera *que no se derrumba*, no basta con ser un metalizado manipulador, se precisa tener calidad humana. Miré a mi esposa, se veía un poco acabada pero definitivamente hermosa. Quise pedirle perdón pero no se trataba de pedírselo, se trataba de que ella me lo diera voluntariamente y tal vez sin que yo me enterara.

—Voy a contarles un testimonio muy cercano que casi no sabe nadie fuera de mi familia —compartió el hombre bajando el volumen—. Solamente tengo un hermano. Es mayor que yo. Su matrimonio se deshizo hace algunos años, ¿saben por qué? Porque le fue infiel a su esposa. Mi hermano pasó por una crisis de emociones, pero finalmente se dio cuenta de su garrafal error y acudió a su mujer herida. Ella se había enterado unas semanas antes del adulterio y cuando él llegó arrepentido a solicitarle su perdón, ella ya había tomado una decisión. Le dijo a mi hermano que una infidelidad es algo que simple y llanamente no se puede perdonar, que por el bien de sus tres hijos iban a seguir viviendo juntos, pero que definitivamente las cosas ya no iban a poder volver a ser iguales. Ella le negó, a partir de entonces, todo contacto íntimo, le hizo la vida imposible. En ciertas reuniones recuerdo con tristeza que se burlaba de él, lo humillaba ante los demás y mi hermano sólo agachaba la cabeza. Cuando muchos años después sus tres hijos se casaron y ellos se quedaron solos, una noche, mi cuñada se sintió sola y llena de nostalgia le dijo a él "¿Te acuerdas de aquella infidelidad? ¡He decidido perdonarte!" Mi hermano soltó una carcajada. Le contestó "No gracias, ya no puedes perdonarme, he sufrido vejaciones, malos tratos, burlas y desprecio por el error que cometí, yo lo acepté porque sabía que era mi merecido, pero ya no puedes perdonarme ¡simplemente porque ya pagué mi culpa!". Señor y señora Arias. **El perdón es un obsequio que se da cuando la persona acaba de cometer el error y que definitivamente es imposible dar después de que ya lo reparó**. Ustedes dos tienen mucho que perdonarse. Háganlo ahora, antes de que comiencen a cobrarse las cuentas pendientes, porque después ya no podrán hacerlo.

—Un momento —dijo ella para evadirse de una orden tan directa—. Yo coincido con su cuñada en que una infidelidad es simplemente imperdonable. ¿Cómo se pasa por alto algo así?

Me quedé con la vista fija en Shaden. Era obvio que Karen no la visitó en la víspera para hablar de modas.

—Una infidelidad es traición en grado superlativo, pero digan lo que digan ustedes y los psicólogos definitivamente sí se puede perdonar. Por supuesto la ciencia pondrá sus obstáculos, pero el ser humano puede desenvolverse en niveles muy superiores a los de la ciencia. Usted y su familia creen en Dios. Si realmente está tomada de la mano de Dios, El la ayudará a perdonar lo imperdonable...

—¿Pero cómo?

—Señora, ¿recuerda lo que dijo Jesús cuando resucitó y se le apareció a Pedro? El seguidor en quien El edificaría su Iglesia lo acababa de negar, lo acababa de traicionar, además de no tener el valor de defenderlo, le dio la espalda y aseguró no conocerlo. Jesús estaba en su justo derecho de recriminar al discípulo, avergonzarlo por su debilidad y pedirle cuentas por su cobardía. Cualquiera de nosotros hubiera hecho eso. ¿Qué le diría usted a un amigo que lo traicionó? ¿Qué sería lo natural? ¿Recuerda lo que le dijo Jesús a Pedro en esas circunstancias?

Mi esposa movió la cabeza negativamente.

—Le preguntó simplemente: *"¿Me amas?"* ¡Qué cuestionamiento más extraño!, ¿no les parece? Pedro contestó: *"Sí Señor, tú sabes que te amo"*; entonces Jesús le dijo entre líneas: *"Habíamos quedado en algo antes de tu traición, tal vez ahora las cosas deberían de cambiar, pero* **SI AUN ME AMAS**, *no cambiarán. Apacienta mis corderos"*. Pedro se quedó pasmado por tal afirmación. Jesús al verlo asustado volvió a preguntar: *"¿Me amas? ¿Estás seguro?"* Hizo la pregunta tres veces, el mismo número de veces que Pedro lo negó. Diríase que para cada afrenta El no tenía reclamación alguna. Sólo la pregunta: *"¿Me amas?"* [18].

Nos miró en silencio. Shaden había agachado la cara impactada por el ejemplo.

—Todos podemos cometer errores. Algunos muy graves, es cierto, pero no significa que vamos a divorciarnos de todo aquel que cometa un error... El mensaje de Jesús es claro: **no debes burlarte ni encarnizarte** contra el que ha fallado, decide cual será tu conducta sólo después de preguntarle si aún te ama...

Shaden se había puesto a llorar en silencio. Yo tenía el ánimo resquebrajado pero me hallaba ecuánime, tal vez había llorado demasiado en las últimas horas. Antonio Vallés concluyó dándonos una recomendación llena de emotividad y fuerza:

—Antes de seguir sufriendo o decidir decirse adiós para siempre, señora, acérquese a su esposo y pregúntele *"¿David, aún me amas?* Y si la respuesta es *sí*, dígale: *"¡Entonces segui-*

mos adelante, si me amas, cuentas conmigo, estoy a tu lado, no te voy a dejar, somos amigos te perdono...!" David haga usted lo mismo con ella. De verdad vale la pena intentarlo...

Me dejé vencer y agaché la cara a mi vez para ocultar las lágrimas. Había asimilado el concepto con mucho dolor.

En ese momento el jefe de piso salió del cuarto de Daan y se acercó para informarnos que todo estaba listo; que los camilleros iban a proceder a llevar al niño a su nueva habitación.

Nos pusimos de pie.

Daniel no despertó cuando lo movieron .

Bajamos todos juntos por el elevador.

Dieciseis

La jerarquía del hogar.

En cuanto acabaron de hacer el translado del pequeño y lo dejamos apaciblemente dormido en su cama le pregunté al presidente:

—Cómo va Janette en su nuevo puesto.

—Sufriendo un poco. Le hace falta el apoyo de usted.

Entonces sentí como si una ráfaga de aire me indicara el agujero al que podía acercarme para respirar aire fresco.

—Necesito pensar en todo lo que acaba de decirnos —comenté inhalando profundamente—. Voy a salir del hospital unas horas para ir a la empresa. Ayudaré a Janette en los pendientes más importantes y volveré dentro de un rato.

Vallés se encogió de hombros y me dijo:

—No tiene que hacerlo.

—Lo sé, pero necesito una tregua.

—De acuerdo. Yo me quedaré unos minutos más con su esposa .Tal vez nos veamos después.

Caminé al elevador como un robot. Lo llamé, entré a él, oprimí el botón, todo con movimientos burdos, atávicos, inadvertidos. Cuando llegué a la planta baja, las puertas del ascensor se abrieron pero no me bajé de él. Pulsé nuevamente la tecla del tercer piso y regresé.

Fui al cuarto de Daan sin saber exactamente por qué. Me acerqué a la habitación por el corredor pero un metro antes de llegar me detuve. La puerta estaba abierta, de modo que la conversación sostenida entre Antonio Vallés y mi esposa se escuchaba perfectamente hasta mi posición. Simulé observar algo en la pared como el turista que se detiene a contemplar una pintura inexistente dentro de una galería también ficticia.

—Sus conceptos son muy bellos —dijo ella—, pero chocan y contradicen cuanto he aprendido durante toda una vida.

—Puede ser —respondió él—, mas nunca es tarde para desplazar estilos ineficientes y dañinos de pensar. Debe intentarlo. El reto requiere aprovechar todas las oportunidades que se le presenten. Esta es una oportunidad excelente para luchar por el amor y aprender a perdonar. ¡Inténtelo!

—¡Es mucho más complejo de lo que usted cree! ¡No se trata sólo del amor, sino de todo un sistema de vida! Me molestaría regresar a él. La verdad me desagrada el papel de la mujer.

—¿A qué se refiere?

—Me asusta pisar el futuro de una divorciada pero volver al pasado de una ama de casa me enferma. Caer en lo mismo como si todo esto no hubiera servido de nada, es una idea contra la que, discúlpeme usted, me rebelo abiertamente. A mí me toca hacer un trabajo arduo que no termina nunca. Ahora quisiera ser más libre y realizarme. La mujer es tan capaz como el hombre, usted mismo ha preferido como gerente general de su empresa a una mujer. Quisiera recuperar a mi familia, pero no bajo el mismo esquema. La casa es agobiante, apenas se termina de arreglar y ya hay que volver a empezar, eso le quita a cualquiera el entusiasmo.

Me quedé helado al escuchar unas razones que desconocía. Jamás pensé que mi esposa estuviese luchando no sólo contra mi mal temperamento, sino también contra su poco gratificante *modus vivendi*.

—Janette es un caso especial —contestó Vallés en voz baja, como dándose tiempo para discernir su respuesta—. Ella puede desempeñar el papel de ejecutiva por tiempo completo (y a veces más), porque su marido, está imposibilitado para tener hijos, es pintor y su trabajo requiere de total silencio y soledad. Eso la obliga a ella a organizarse de forma especial. Y vaya que lo hace bien... Con todo, es celosa de su casa y no ha evadido su responsabilidad natural de ser el eje de su pequeño hogar.

—De acuerdo. Yo no quisiera tampoco esclavizarme a una empresa, sólo superarme y ser más feliz.

—¡Pues hágalo!, pero sin olvidar sus prioridades —el anciano subió el volumen con determinación—. La familia debe ser número uno y eso no se puede discutir. Si su vida no tiene sentido es por culpa de usted, no de las labores domésticas. ¡Es correcto que busque progreso personal no sólo por su bien, sino por el bien de su mismo matrimonio! **La realización individual** es indispensable para que exista convergencia de pareja. Una de las principales causas de ruptura conyugal es esa: el varón sigue creciendo y la mujer se estanca hasta que llega el momento en que no tienen nada en común, nada que compartir, nada que preguntarse. La esposa puede ser capaz de lograr mayor plenitud si, primeramente, tiene una actitud positiva y emprendedora. Sentirse agobiada es sinónimo de inutilidad. Ser inútil no es hacer pocas cosas, sino hacer muchas con apatía y desgano.

»Al alcance de cualquier ama de casa está fructificar, buscando trabajo de jornada reducida, entrando a estudiar una carrera o especialidad en horario cómodo, practicando algún deporte, tomando clases especiales de aquello que le gusta y nunca tuvo tiempo de aprender, leyendo mucho o dedicándose a cultivar alguna actividad artística o técnica de forma independiente.

—En ese orden de ideas podría decirse que la misión de la mujer en esta Tierra es secundaria, ¿no le parece?

—¿Secundaria? ¡Sólo si es muy tonta! Y puede ser; hay de todo en la viña del Señor. Con frecuencia se ve a mujeres histéricas encerradas en su casa con hijos histéricos que luchan por escapar de su madre. El reto de la mujer implica sobre todo formar nuevos seres humanos; fíjese bien en esto: La herencia del hombre hacia sus hijos es primordialmente material; todo lo material se acaba, es efímero. La herencia de la mujer, en cambio, es espiritual, de conocimientos, de educación; los hijos se quedarán con esta herencia toda la vida e incluso me atrevería a decir que se la llevarán consigo cuando se mueran. ¿Le parece una misión secundaria?

Shaden tardó más en contestar. Su voz sonó ligeramente afligida.

—De acuerdo, me ha convencido, pero educando a los niños y de paso realizándose un poquito ¿quién haría la casa?

—Si se organiza puede hacerla rápido o buscar una ayudante. Casi cualquier varón deseará brindarle a su esposa esa asistencia con tal de no verla a diario de mal humor; ahora, supongamos que su marido es de los que no quieren cooperar; usted entonces deberá lograr que la actividad creativa que eligió le permita también ganar algunos ingresos para pagar, al menos, el sueldo de su ayudante doméstica; si no le queda más ganancia que esa, véalo así, usted simplemente cambió el trabajo que no le gustaba por otro que le agrada más. La mujer casada no debe sentirse esclava, puede incluso ayudar mucho en la economía del hogar, pero por ningún motivo debe olvidar que el esposo sigue siendo, el director general de la casa. La sociedad entera depende de que las damas entiendan esto, si se alteran confundidas y salen a las calles, huyendo del hogar, las familias se mermarán y una sociedad en la que no haya unión familiar es un caldo de cultivo para las peores alimañas humanas que se hayan podido imaginar.

—¿Cómo está eso —objetó Shaden inmediatamente—, que mi esposo es el director general de la casa? ¡No estoy de acuerdo, señor Vallés! Yo creo que tenemos el mismo grado, nadie es jefe de nadie, el hogar debe ser una sociedad armónica de cooperación mutua.

—Eso es lo que usted quisiera pero simplemente las cosas no funcionan así. Una familia es como una empresa: sería imposible tratar de constituir sociedades de armonía en las que todos los empleados tengan el mismo rango y cada quien haga su trabajo en santa paz. Los gerentes requieren orden y categorías para poder dirigir adecuadamente a los trabajadores. En la familia, como en las empresas, debe haber alguien que tome las decisiones finales, que marque los objetivos ya no particulares de los socios sino del equipo en general; los miembros, por muy capaces y geniales que sean, tendrán que supeditar sus intereses personales a los de todo el grupo. La familia tiene jerarquías. Entiéndalo. Deje de darse coces contra el aguijón tratando de determinar quien manda en la casa. La opinión de usted es de gran peso, como lo es para mí la opinión de mi Consejo Directivo, pero cuando se trata de tomar un acuerdo final, todo el Consejo tiene que escucharme decir la última palabra. Es así de simple. Y no me vea con esos ojos. Este concepto es incuestionable para la filosofía, la religión, el orden social e incluso para el derecho legislativo. ¿Sabía usted que ante los juzgados el hombre es responsable de todo cuanto pase en el seno de su hogar? Si existen delitos graves o alteraciones que afecten a la sociedad dentro de una casa, el padre de familia puede ir a la cárcel aunque no haya sido él el ejecutor directo de los ilícitos. Esto es porque se reconoce al varón como jefe de la familia con autoridad y responsabilidad suprema. ¡Por favor, señora, no estorbe el buen funcionamiento de las cosas haciendo pleitos y dando órdenes cruzadas y contradictorias a los hijos. Su marido es jefe de la casa y no hay más que discutir al respecto. Las feministas se levantarán las enaguas de indignación, pero está demostrado que ninguna de sus propuestas es útil porque van en contra del diseño de la familia. Para que un hogar funcione como es debido, empecemos por aceptar el orden natural del diseñador.

—¿El diseñador?

—Sí. Dios diseñó la familia conforme a una estructura, le dijo a sus hijos que aceptaran responsablemente el precepto: **La cabeza de todo varón es Dios y la cabeza de la mujer, el varón.** [19] **Las casadas estén sujetas a sus maridos porque el marido es cabeza del hogar** [20].

—¿Habría que hacer entonces un organigrama? —preguntó Shaden no muy convencida.

—¿Y por qué no? En primer termino, como rector principal y superior estará Dios, todos harán lo que El disponga en sus enseñanzas de **respeto, trabajo, amor, benignidad;** la línea de autoridad bajará directamente al hombre que es jefe del hogar y sobre los hombros de éste descansará la responsabilidad de que su esposa cumpla su parte para que ella a su vez haga cumplir la suya a los hijos.

—¡Pero eso ya no se da! —protestó Shaden con cierta ironía—. ¡La mayoría de los hombres son alérgicos a todo aquello que huela a Dios y no obedecen Sus preceptos!

—Quizá por culpa de las mujeres mismas. La Biblia dice muy claro: **"Las esposas acepten la autoridad de sus esposos para que los que no creen en el mensaje de amor se convenzan, no tanto por las palabras (gritos y ultimátums) sino por la conducta pura y respetuosa de sus esposas. Mujeres, que el adorno de ustedes, no consista en cosas externas como peinados, salones de belleza, joyas de oro, vestidos lujosos sino en lo íntimo de su corazón, en la belleza incorruptible de su espíritu suave y tranquilo."** [21]

Ya no escuché a Shaden responder airada. En el cuarto se hizo el silencio. Estuve tentado a entrar o desaparecer antes de que alguno de los dos, aprovechando la pausa, saliera y me descubriera fisgoneando, pero a los pocos segundos escuché a Antonio Vallés continuar en un tono duro pero dulce a la vez.

—Shaden. Ya basta de altivez, basta de vanidad, basta de jactancia. **Usted no es la autoridad máxima de su casa, pero SI es la base, es el bastidor en el cual se fijan los lienzos para que sus seres queridos puedan pintar obras maestras;** no se degrade con el libertinaje sexual, su naturaleza vital la hace un ser diferente a su esposo, un ser esencialmente superior al que se le ha asignado una tarea superior, no de mando ni de ataque ni de líder guerrero sino de amor. Los hombres no estamos capacitados para sentir como las mujeres, eso es cierto, no tenemos la fortaleza física ni mental para dar a luz, criar y educar a un hijo. [22] Se sabe que algunos animales hembras son capaces de dejarse comer por sus crías para que éstas no mueran de hambre, algo que un macho no haría ni de broma; en este mismo momento, si los médicos le dijeran que alguien debe dar su vida a cambio de que Daniel sane completamente, tal vez su esposo lo dudaría, pero usted no. La mujer está hecha de otro material, con otras cualidades que la hacen ser **el centro vital de la humanidad** aunque casi nunca se le dé el crédito que merece. Mas no se moleste ni se ponga en pie de guerra por ello. ¿Ha caminado por un bosque en medio de enormes árboles? Seguramente cuando lo hizo no se le ocurrió exclamar: "¡Que hermosas y fuertes son las raíces de estos árboles!" ¿o sí? De la misma forma cuando visita el centro de alguna metrópolis y observa los rascacielos, ni a usted ni a sus acompañantes se les antoja decir "¡Qué fabulosos cimientos se han construido aquí!" Todos elogian el árbol, la flor, el edificio, no lo que lo sostiene y da fuerza. [23] ¿Es injusto? Tal vez, pero es así. La esposa constituye, ni más ni menos, los cimientos de su marido e hijos, usted es la energía que mantiene en pie a su hogar, es la savia que nutre a cada uno de sus miembros; si renuncia, el obelisco se viene abajo. Ellos la necesitan enormemente aunque no se lo digan. La mujer es el tesoro más grande de la tierra, vale mucho, pero no quejándose de su mala suerte, no llorando por la ingratitud de los hombres, no encerrada gimoteando y diciendo maldiciones; su naturaleza es poderosa, es en realidad el sexo fuerte, es el factor de cambio positivo, es la reserva de amor, la fuente motriz, si la mujer se derrumba, se acaba la moral, la paz, los valores. Es cierto que con su enorme capacidad, ustedes podrían desempeñar cualquier trabajo igual o mejor incluso que los varones, algunas que no tienen el apoyo de un marido lo hacen y muy bien, pero muchas que si lo tienen, quieren subvertir los papeles sin razones ni necesidad. En realidad los hombres podemos hacer muchas cosas, ir de un lado a otro, trabajar, sudar, emprender negocios, pero siempre y cuando, en lo más hondo de nuestro ser, sepamos que alguien nos está esperando en casa... Shaden, levántese, reorganice su vida; poner a su esposo en el filo de una navaja para hacerlo reflexionar y valorarla fue una idea muy inteligente, la felicito por ello, pero ya logró su cometido, no siga con esto porque la estrategia puede volverse contra usted. Dios está tomando de la mano a las mujeres que saben darse a respetar, pero que no abandonan el campo de batalla, que se valoran a sí mismas, pero perdonan aunque no haya razones para perdonar, que se saben poderosas, pero con todo y eso se mantienen fieles a sus parejas. Dios tiene un lugar privilegiado para las mujeres que no desisten, que han sabido cumplir la misión de ser el sustento de esa casa. Animo señora Arias, inconfórmese, luche por un futuro mejor, hasta ahora lo ha hecho bien, pero no se confunda ni se desplome; su misión va mucho más allá de lo que se ha podido imaginar jamás...

En el cuarto nadie habló. Ya no me sentí nervioso por la posibilidad de que me sorprendieran espiando. Ensimismado, evaluaba la gran responsabilidad que tenemos los esposos de animar y ayudar a la mujer en su importantísima y poco gratificante misión.

Pensé en el señor Antonio Vallés. ¿Por qué estaba haciendo todo eso para ayudarnos? ¿Cuál era la razón real? Sus empeños ya no me parecían producto de una obra altruista. ¿Qué intereses mensurables lo estaban moviendo?

Cuando más absorto me hallaba en mis cavilaciones, aparecieron al fondo del pasillo los padres de Shaden caminando hacia mí. ¡Los padres de Shaden! ¡Dios mío! No supe qué hacer. Contemplé extasiado la pintura ficticia, pero ésta se desvaneció; quise entrar a la habitación, pero hubiera sido delatarme abiertamente; intenté caminar hacia ellos, pero se hubiese visto falso. Me limité, ante tan embarazosa situación a sonreír como idiota. La pareja se aproximó observándome con suspicacia. Detrás de mis suegros caminaba un joven delgado a quien fracturé el tabique nasal... Mi rostro debió azorarse más al descubrirlo, no tanto por haberlo agredido físicamente, ni por haberme sospechado cornudo gracias a él, sino por verlo, por primera vez, vestido con su sotana negra...

—Queremos presentarle —comentó mi suegra en cuanto llegaron frente a mí—, al sacerdote de nuestra parroquia, el padre Lucano. Aunque —sonrió—, creo que ya se conocían.

—Padre... —le dije haciendo un gesto de arrepentimiento—, yo no sabía que usted era... Creí que...

—No se preocupe.

Hubo un silencio largo.

Me dirigí a mis suegros.

—Lo que les comenté ayer —logré articular al fin—, no fue fingido.

—Lo sabemos —dijo el señor—. Mi esposa y yo lo discutimos. Llegamos a la conclusión de que no tenemos derecho a participar en este problema...

Los miré fijamente. ¿Qué intentaban decirme?

—Yo siempre quise tener un hijo —continuó—. Cuando Shaden nació, recuerdo que me sentía un poco triste porque había sido niña. El médico me reprendió con una frase que no se me ha olvidado desde entonces: AL EDUCAR A UN HIJO SE FORMA UN HOMBRE, PERO AL EDUCAR A UNA HIJA SE FORMA UNA FAMILIA. Más que nunca se aplica eso ahora. Amamos profundamente a Shaden. Nos ha costado mucho trabajo entender que debemos hacernos a un lado y dejarla vivir su propia vida, aunque sufra. No tenemos nada contra usted.

Las lágrimas comenzaron a martillarme los párpados.

—Perdónenme por favor.

Mi suegro fue el primero en tenderme la mano. La tomé, pero al instante, sin saber quien de los dos había iniciado el gesto, nos abrazamos. Fue un abrazo firme, sincero, un apretón de dos caballeros que hacen la paz. Me separé de él y miré a la señora. Con más recelo me ofreció el saludo, pero esta vez, conscientemente de ser yo el propiciador del ademán, la atraje hacia mí y la abracé. No me rechazó ni me palmeó como su esposo, simplemente se dejó hacer languideciendo de su postura firme y soltándose a llorar.

—Por favor —me dijo—, no haga sufrir a mi hija. Usted es un buen hombre.

Nos separamos y la tomé por los hombros para decirle que sí.

El padre Lucano presenciaba la escena callado. Le tendí la mano. Me dio la suya sin dudarlo.

—Animo —comentó—, todo se va a arreglar, ya lo verá. Por mi parte no se preocupe. Si pasó algo malo, ya no lo recuerdo.

—Gracias...

Rodeé con un brazo la espalda de la señora y entramos a la habitación. Un hálito mágico, pesaroso, incierto, inundó el recinto.

Shaden se quedó boquiabierta, mirándonos como si se tratara de una aparición. ¡Su madre estaba llorando y yo la abrazaba!

Vallés se puso de pie. Las visitas lo saludaron, se acercaron a Shaden para darle un beso y el sacerdote caminó hasta la cama del pequeño.

Mi esposa explicó a los presentes cómo el niño volvió en sí y las tristes circunstancias en que lo hizo. Hubo muchas preguntas y exclamaciones de asombro.

Después de un rato, el propietario de la empresa se percató de que éramos demasiadas personas en el lugar. Se despidió con ademanes corteses y salió del cuarto. Lo seguí.

—Qué rápido volvió.

—No me he ido —confesé.

—Lo supuse.

—Señor Vallés. ¿Por qué nos ha brindado tanto apoyo? Una cosa es la ética de ayudar a un empleado en sus conflictos y otra convertirse en mediador...

—Detesto ver que las familias se deshagan simplemente por manejar mal los conceptos...

—Discúlpeme que lo contradiga pero ésa me parece una razón ilógica. Hay millones de casos así. Las estadísticas dicen que más del 50% de los matrimonios fracasan, usted es un importante empresario, no un consejero matrimonial. ¿Por qué ha hecho todo esto por nosotros?

Me miró evasivamente como un hombre acorralado en flagrante delito. Se encogió de hombros y suspiró.

—Algo muy especial ocurrió en mi matrimonio hace años... Eso me hizo formar parte de una cadena de compromiso. Algún día tal vez me entienda. Hice una promesa. Fue algo muy fuerte. Una promesa sagrada. Por eso estoy aquí.

Me encogí de hombros.

En la sala de visitas estaba parada una mujer observándonos. Sentí que el suelo se abría bajo mis pies. ¿Venía a hablar conmigo, con Vallés o con mi esposa? ¿Venía en son de empleada, de amante o de rival?

—Karen... —dijo el anciano al verla—. ¿Qué hace usted aquí?

Diecisiete

¿En qué pensabas Señor?

La grácil mujer se acercó a nosotros con lentitud. Traía puesto un jumper color verde y zapatos deportivos.

—Como puede ver —le dijo al presidente apenas estuvo cerca—, no vengo vestida con el uniforme de la empresa.

Vallés asintió sin decir nada. De acuerdo, ¿y?

Karen me miró de reojo.

—Necesitaba arreglar un asunto... No puedo presentarme a trabajar mientras tenga eso pendiente.

Mis suegros acompañados del padre Lucano se reunieron con nosotros en el pasillo. La secretaria gerencial parecía cohibida entre tanta gente.

—¿Se trata de problemas con la empresa? —preguntó el anciano.

Karen negó con la cabeza. Comencé a sudar. Si pretendía hablar conmigo, yo no quería hacerlo; si iba a hablar con Vallés, yo estorbaba.

Shaden estaba sola.

Aunque ansiaba saber hasta dónde pretendía ir la joven que casi había llegado a ser mi amante, me disculpé con todos y di la media vuelta para entrar a la habitación de Daniel.

Mi hijo seguía durmiendo apaciblemente. Le habían retirado la botella de suero; en la habitación podía percibirse un agudo olor antiséptico. Mi esposa se hallaba agachada con ambas manos en el rostro. Al escuchar el leve rechinido de las bisagras se limpió y levantó la cara para ver quién había entrado; sus ojos enrojecidos delataban un llanto muy reciente.

Cerré la puerta rogándole a Dios que nadie nos interrumpiera, al menos no Karen...

Me senté frente a ella sin decir palabra. Volvió a inclinar la cabeza sabiendo que se avecinaba otra tormenta. No cooperó, pero tampoco eludió la situación.

—Necesito que hablemos Shaden... La incertidumbre y la soledad están acabando conmigo...

No sé por qué, al pronunciar esas palabras cerca de nuestro hijo enfermo, recordé nítidamente la escena en la que el cataclismo estaba a punto de ocurrir: Yo me hallaba acostado con los ojos cerrados, Daniel acababa de sufrir el primer ataque convulsivo, mi esposa trataba de acercarse y yo la rechazaba. ¡Qué curiosa forma de devolvernos los golpes tiene la vida! El mal que hiciste a alguien tarde o temprano se volverá contra ti, el escarnio del que fuiste protagonista, antes de que mueras te escarnecerá el alma...

— ¿Qué nos está pasando David? Me siento muy sola.

Quise contestar "yo también", pero mi boca permaneció cerrada.

Trató de sentarse en la cama junto a mí y como no hallara espacio se levantó confundida y triste.

Abrí los ojos. En la habitación se respiraba un ambiente nostálgico y agobiante, como si el aire hubiese multiplicado su densidad y tratara de aplastarnos...

— ¿Qué es lo que te pasa? ¿Estás enojado conmigo? ¿Te hice algo? ¡Dímelo! ¡Ya me cansé de tu silencio!

Mi corazón latía presuroso

—No sé cómo empezar —intenté. Extraje del bolsillo de mi camisa un papel doblado en cuatro partes y se lo tendí—, esto —le dije—, lo escribí por la noche. ¿Sabes? En aquel viejo sillón es imposible dormir...

Shaden tomó la hoja con desinterés. Hasta entonces levantó los ojos para verme. Qué hermosa parecía, no obstante denotar absoluta falta de ánimo también; en su rostro se adivinaba aflicción y pesadumbre. Parecía una persona derrotada, resignada. Eso me causó una gran aprensión. Tal vez después de escuchar las bases del perdón y la esencia vital de la mujer se estaba mostrando ante mí con la guardia abajo, sin ánimos ni argumentos para defenderse. ¡Pero yo no la quería así! No permitiría que volviera a mi lado si había dejado de amarme.

—Cariño —le dije con cautela—, tengo que confesarte una cosa. Escuché parte de la conversación que tuviste con Antonio Vallés hace unos minutos —levantó las cejas en señal de alerta—, y aunque creo que es verdad cuanto te dijo, también me he convencido que los hombres no somos dueños de nuestras mujeres; el acta de matrimonio no es una factura, la esposa no es un objeto, nadie tiene el derecho a tratar a su cónyuge con ínfulas de propiedad. ¡Qué forma tan dura de aprender la lección, mi vida! ¡Cuántos errores cometí contigo! —la voz se me quebró—. ¡Cuántas humillaciones te hice! ¡Cuántas escenas de machismo y autoridad desmedida tuve con alguien que no cometió más pecado que amarme y entregarse a mí sin condiciones!

Mis palabras debieron ser como una mano que toca la herida abierta porque agachó la cara y comenzó a llorar.

La miré con nostalgia... Yo era una persona de buen corazón. Las estupideces cometidas se debieron a la idea inmadura de querer educarla como a una alumna neófita. Ella se casó conmigo no para ser instruida sino para ser **mi socia**, mi compañera y yo, desilusionado por la aparente falta de afinidad entre nosotros, en vez de darle su lugar, me dediqué a hacerle la vida imposible...

Shaden respiró y se limpió el rostro para encararse conmigo. Permaneció quieta, inmutable como una estatua que no se sabe si está a punto de desmoronarse o de ponerse en pie...

Comprendí que no tenía la menor intención de leer la hoja escrita que le di, así que la recuperé con un movimiento suave y la desdoblé.

—Voy a leértela. En realidad —aclaré—, no es una carta para ti. Es una plegaria, una visión, un presentimiento que tuve... Comencé a escribirlo la noche que te fuiste de la casa y pensé mucho en ella el día en que estuve en la cárcel por haber golpeado al padre Lucano...

Sus ojos me traspasaron como rayos gamma.

—Lo siento. Me enteré después que era un sacerdote... Yo siempre supuse que era tu amante...

No hizo el menor gesto ante lo que debió parecerle una suposición absurda...

—¿Sabes Shaden? —continué con voz muy baja—, desde hace muchos años yo he pensado que en realidad NO formábamos la pareja adecuada, que tú hubieses hallado la felicidad casándote con otro hombre y yo la plenitud unido a otra mujer más afín Pero estaba equivocado... Quiero que escuches mi plegaria original y el sueño que tuve anoche...

Inicié mi lectura entrecortadamente, haciendo frecuentes pausas.

¿En qué pensabas Dios mío, cuando hiciste aparecer en mi vida a Shaden y propiciaste nuestra unión, sabiendo que no éramos compatibles?

¿En qué pensabas Padre cuando hincado con ella frente a tu altar nos bendijiste, conociendo las enormes dificultades que nos esperaban?

¿En qué pensabas cuando ocultaste nuestros defectos, permitiendo que nos diéramos cuenta de ellos siendo demasiado tarde.

No creo en el azar. Hay demasiada perfección en la naturaleza, en el reino vegetal y animal, en el mundo microscópico, en

169

el universo entero para suponer que todo es obra de la casualidad; no creo en ella, no creo en destinos nefastos ni en mala suerte. Creo en ti Señor. Creo que de alguna forma tu piensas las cosas antes de que ocurran y nosotros formamos parte de tus sueños.

Dime por favor ¿cuál era tu sueño cuando permitiste esas crisis económicas en nuestro hogar, que nos llevaron a discutir sobre dinero y mando?

¿En qué pensabas Señor cuando nos diste este hijo tan especial, a quien Shaden y yo amamos separadamente con toda el alma, pero a quien nos cuesta tanto trabajo amar unidos?

¿Cuál era tu sueño, Padre, al dejar que mi esposa y yo nos alejáramos y nos perdiéramos la confianza?

No soy un hombre malo, soy simplemente, un ser humano que ha perdido el control de su vida. Con tal de no estar en mi casa, solía alargar las horas de trabajo o irme con amigos, y cuando llegaba a ella gritaba, regañaba, me enfurecía o simplemente me encerraba con doble llave... Pero hacer eso me produjo un gran vacío, una gran infelicidad, porque si no tenía una familia para la cual trabajar, mi trabajo perdía totalmente su sentido.

Señor dame una luz, ¿en qué pensabas cuando permitiste que este caos se apoderara de mi hogar? ¿En qué pensabas Señor....? ¿Cuál era tu sueño?

Estuve dando tumbos varios días preguntándome todo eso hasta que, hace un rato, caí rendido con la cara llena de secretas lágrimas.

Apenas recosté la cabeza en el sillón del hospital, sentí que mi alma penetraba por un abismo enorme y me estremecí al escuchar una profunda y penetrante voz:

¿No te das cuenta que mi sueño ha sido siempre tu dicha?, ¿que un hogar lleno de alegría es lo que pensaba para ti? La mujer que te di por compañera es con la que mejor aprenderías las lecciones importantes de la vida. Con ella, y sólo con ella, ibas a poder engendrar el hijo

que tienes. Yo había trazado grandes planes para él. Despierta. Por favor. Una familia fuerte se construye con sacrificio y trabajo pero no has querido pagar el precio, no has estado dispuesto a esforzarte más. Todo lo has deseado muy fácil y con tu egoísmo lo estas echando a perder. Pretendes la felicidad en bandeja de plata, pero sólo se es feliz cuando se contempla el fruto del esfuerzo propio. Tú eres mi sueño. He pensado en ti siempre que te ofrezco una disyuntiva en el camino, quiero lo mejor para ti, para tu esposa, para tu hijo. Pero no voy a quitarte la libertad de decidir, no eres un robot. ¡Eres libre! ¡Reacciona ahora! ¡Estás a tiempo! ¡Aún puedes convertir a tu familia en aquello que yo pensé; aún puedes hacer realidad mi sueño..!

El volumen de mi voz fue tan alto al terminar de leer la parábola que Daniel se inquietó, comenzó a moverse y a quejarse... Shaden y yo nos pusimos de pie ansiosos, pero a los pocos segundos el pequeño se acomodó y volvió a quedarse dormido.

—Me enteré de que vino a verte una joven llamada Karen —aventuré—, lo que te dijo fue mentira.

Levantó la cabeza mirándome con intensidad.

—¿Lo fue David?

—Bueno... Es cierto que entre ella y yo hubo algo, pero no llegó a mayores.

—¿A qué le llamas mayores?

—Nunca tuvimos relaciones sexuales...

—¿Ah sí? Pues ella me describió la cicatriz de la operación de tu hernia inguinal. ¿Se la mostraste como muestra de compañerismo?

La sangre se me subió a la cabeza. Era de suponerse. La muy bribona le había dicho a mi esposa que...

—¿Qué fue lo que te dijo? —increpé furioso.

—Sólo la verdad David...

—Pero espera... —me puse de pie y comencé a caminar por la habitación respirando agitadamente— eso no es cierto... Nunca fuimos amantes.

—Esa mujer vino a desahogarse conmigo, estuvo llorando David. Me explicó que tú la buscaste porque te sentías vacío, me aseguró que entre ella y tú hubo siempre una atracción muy fuerte... Me dijo que se amaban, que se habían besado, acariciado y que...

Shaden se interrumpió, pues las lágrimas estuvieron a punto de brotar de sus ojos. Las reprimió. No quería llorar frente a mí hablando de ese tema, para que yo no pensara que era por mí...

Una desesperación indómita me invadió. El hombre casado, hallándose frente a una mujer extraña que le ofrece su calidez, sus caricias, su consuelo, su cuerpo desconocido para él, fácilmente pierde la visión de las cosas y se deja llevar por la seductora tentación, (al fin y al cabo es sólo una aventura pasajera y nadie tiene por qué enterarse), pero no se da cuenta que además de la visión pierde su valor intrínseco, quedando maniatado a merced de alguien que puede destruirlo de una zarpazo si le viene en gana.

Imbécil, cretino, estúpido, me repetía mentalmente mientras caminaba. Eso y más te mereces...

—Perdóname Shaden —dije entrecortadamente—. Es cierto que yo siempre admiré a Karen, es cierto que la quise, pero como amiga, como una gran amiga. Algunas veces le platiqué de lo mal que iba mi vida sentimental... Hubo abrazos y caricias, pero nunca hicimos el amor...

Shaden tardó en contestar. Mi confesión, lejos de ayudar a despejar sus dudas la hizo sentir aún más desilusionada.

—La joven me llamó ayer nuevamente —comentó con voz baja—, para decirme que te dejara libre de una vez, que ustedes se amaban. Le colgué el teléfono cuando me informó que posiblemente estaba embarazada de ti.

—¿Eso te dijo la muy...? —me levanté como movido por un resorte— ¡es mentira Shaden!

Salí de la habitación y corrí por el pasillo rumbo a la sala de visitas. Si Karen pretendía chantajearme, no me detendría en hacerla desmentirse. Seguramente la secretaria estaría platicándole sus penas al señor Vallés. Iría por ella, la traería por la fuerza si fuera preciso y me encararía con ella frente a mi esposa...

Dieciocho.

La última oportunidad.

Llegué a la estancia para visitas, pero no hallé sino al aseador que vaciaba los cestos de basura en su carrito. Le pregunté por las personas que estaban ahí y me informó que se habían ido... Acudí con grandes zancadas hasta el mostrador de enfermería.

—Eran cinco adultos, los padres de mi esposa, el gerente de mi empresa, un sacerdote con anteojos y una mujer de cuello largo, ¿no sabe usted dónde se metieron?

Todos se habían retirado cinco minutos antes. No lo pude creer. El asunto pendiente que había traído a la secretaria gerencial hasta ahí debía ser resuelto por mí (al menos eso creía yo), de manera que si las visitas habían desaparecido, con toda seguridad Karen no tardaría en reaparecer por algún rincón para negociar el conflicto con la persona indicada. Estuve paseándome por los pasillos alerta, pero fue inútil, Karen no estaba...

Apreté los dientes y regresé con pasos cortos mirando a mi alrededor... Si vuelve, me consolé, seguramente irá directo a la habitación de mi hijo y ahí la estaremos esperando.

Shaden se había puesto de pie. Recargada en la puerta me observaba.

—¿Ella esta aquí?

—Sí. No sé a qué vino, pero ya se fue.

Mi esposa entró de nuevo al cuarto con actitud pensativa.

—Por favor —le dije tomándola del brazo para obligarla a voltear—. Olvidémonos de la gente que está afuera. Concéntrate por favor en el hecho de que estamos tú y yo solos...

—¿Qué quieres decir?

—¡Estamos solos! Reconóceme. Soy la persona de la que te enamoraste hace años, soy tu esposo. Juntos iniciamos una aventura en la que prometimos jamás separarnos. Hemos cometido errores. Los problemas nos han aplastado hasta casi asfixiarnos, pero seguimos juntos... Bien o mal aquí estamos. Con nuestro hijo... ¡Vamos a tomarnos fuerte de la mano los tres! Y si el cataclismo nos aplasta, que sea a los tres o a ninguno...

Shaden bajó la cara con una angustia y dolor evidentes. No podía moverse, tal vez deseaba decirme que sí, pero también deseaba no estar ahí. Volver el tiempo atrás y comenzar de nuevo: Con la alegría y el entusiasmo que teníamos de recién casados, con las ilusiones frescas y el corazón confiado en que todo iba a ser felicidad.

—¿Qué es lo que te pasa? ¿Por qué no puedes perdonarme? —le pregunté—. ¿Tienes dudas respecto a si embaracé o no a esa chica?

Movió la cabeza negativamente y caminó a la mesita para tomar los pañuelos desechables.

—Cuando Karen me visitó y la vi tan mal, sentí un gran coraje contra ti por atreverte a seguir haciendo daño a otras personas, pero cuando me dijo que posiblemente estaba embarazada, me di cuenta que, si fuera cierto, la mujer no se hubiese atrevido a traerme al hospital ese dolor, a menos que se tratara de una tipa terriblemente mala o quisiera tenderme una trampa. Le dije que se fuera, que me dejara en paz y que arreglara sus problemas como pudiera, que yo no podía ni quería ayudarla...

—Gracias por no haberle creído.

—David, yo sé que eres una persona honrada, un contador excesivamente ético, nunca me has sido infiel. Si me dan a elegir entre tu palabra y la de una desconocida, te creo a ti, porque te conozco en ese aspecto; pero caramba, tú mismo me acabas de confesar que te enamoraste de ella, la acariciaste, la besaste. Eso me parte en dos ¿sabes por qué? Porque **no es la fidelidad del cuerpo lo más importante en la pareja, sino la del alma.** Además tu agresividad, tus golpes, la presencia del licor la noche en que nuestro hijo tuvo el estatus epiléptico. Todo eso me hace sentir insegura a tu lado. Estamos solos tú y yo con nuestro hijo, es cierto, pero he llegado a creer que estaríamos mejor sin ti...

Shaden tenía el control. Sus palabras eran mortalmente filosas y yo me sentía inerme como un animal acorralado.

—Se debe discutir una sola cosa a la vez.

—¿Cómo?

—En la cárcel aprendí que la forma de pelear en una pareja determina el éxito de la pelea. Vamos punto por punto. Dejemos terminado el asunto de Karen. ¿Te hubiera dado igual si me acuesto con ella y consumo el acto sexual? ¿Crees realmente que el daño sería el mismo...?

Atribulada con la cabeza agachada reconoció:

—De acuerdo. Me alegro que no se hayan concretado las cosas. No por mí, sino por ti. Entre Karen y tú existía la energía magnética. Si se hubiesen unido totalmente, te hubiese envuelto la magia de una aventura amorosa, hubieses caído en un abismo de sensaciones románticas extraordinarias, hubieses perdido la cabeza. Sumándole al cariño que sentías, el sexo completo, las cosas serían infinitamente peores, pues ni siquiera estarías aquí; tu amor extramarital hubiera crecido y al hallarte obsesionado por ella, cosa que aparentemente no te ocurre ahora, definitivamente tú y yo no tendríamos ya ninguna posibilidad de reconciliarnos.

—¿Eso significa que sí la tenemos?

—¡Son demasiadas cosas en contra!

Me desesperé y un nudo en la garganta me quitó la respiración.

—¿Qué otras cosas? ¿El alcohol? Dejé de tomar hace años...

Miré a mi hijo postrado. Recordé la premonición que tuve en el bar. La ola de culpabilidad volvió a envestirme de repente ante la idea de que, cuando él necesitaba de mí, yo estaba bebiendo para relajar mis nervios...

Me acerqué a la cama y la angustia me hizo temblar al momento que comenzaba a llorar.

Cerré los ojos con mucha fuerza y dejé que las lágrimas fluyeran. Si Shaden quería acabarme, en realidad podía hacerlo...

—Por favor —me volví hacia ella— ¡Ayúdame! Pensar que el niño esté así por causa mía... me está hundiendo, y yo no me quiero hundir... ¡por favor, ayúdame!

Shaden no se acercó. Sólo me miró fijamente; luego se sentó en la silla y me dijo:

—Me has herido mucho David. Cuando vino a verme mi mismísima rival en persona, en medio de este problema, después de tus agresiones y después de que yo levanté los cargos para ayudarte, me sentí la mujer más humillada. Mi primera reacción fue odiarte, fue vengarme, fue buscar la forma de hacerte sentir lo mismo, porque tu traición era injusta. Yo siempre te he sido fiel, me entregué a ti sin condiciones, te di mis mejores años, tú lo sabes, cuando me conociste era esbelta y bonita ahora mi cuerpo se ha deformado, es cierto, pero fue por darte el hijo que tienes y por hacer el intento de tener otros que no pudieron ser y porque ni un solo día, desde que nos casamos he descuidado el trabajo de tu casa.

Me controlé y la observé hablando con tanto dolor y seguridad. En sus palabras había más que ideas, había emoción y fuerza del alma misma.

—Tal vez ya no te guste como antes —continuó con voz trémula comenzando a llorar abiertamente—, aunque tú también has cambiado, cuando te conocí no tenías el vientre que ahora tienes ni te quejabas de la espalda al levantarte; los problemas nos han hecho distintos a los dos, pero no creí que por eso nos alejaríamos. Siempre pensé que era nuestro vínculo secreto. Cuando me di cuenta de tu mala conducta, me sentí terriblemente sola. No sé si me entiendas, pero mis emociones han estado hechas un revoltillo: Quiero que volvamos a hacer nuestra familia, al mismo tiempo que deseo no volverte a ver jamás. Con frecuencia me he levantado en la noche llorando, sobándome la mejilla después de soñar tu infame golpe...

No pude contestar nada. Shaden se puso de pie y continuó limpiándose las lágrimas apenas tomó aire.

—Dice el señor Vallés que para perdonar hay que enfrentar el dolor, valorar el costo y regalarlo. En este caso ¡Qué difícil es dar esos pasos! Tú me dices que te has arrepentido y que las cosas van a cambiar, y yo te digo que las heridas que me hiciste sangran y seguirán sangrando mucho tiempo, te digo que sigo teniendo deseos de vengarme, pero también te digo que soy una mujer buena que no está dispuesta a seguir envenenada por el rencor y sobre todo...

El llanto la detuvo. Me aproximé a ella. Se repuso un poco y terminó:

—Sobre todo te digo que aún te amo... No puedo racionalizar diciendo que no me afecta lo que has hecho... tu hermetismo, tus gritos, tus arranques, tu infidelidad ¡claro que me afectan!, ¡por supuesto que me hacen daño! me lastiman... —su voz se confundió con el llanto, pero eso ya no la detuvo—, pues en verdad te amo. Y amarte me duele mucho esta vez, sólo de pensar en el enorme amor que siento por ti lloro..., no puedo detener estas lágrimas ¿sabes por qué? Porque no te lo mereces, porque tu ofensa me cuesta una parte del alma, pero escúchame bien: Voy a completar el proceso —casi se ahogó en su llanto, pero levantó la cabeza e hizo un esfuerzo—, quiero pensar que esa parte te la regalo a ti.

Una bola en el cuello me impedía tragar saliva. Ella lloraba copiosamente con la cabeza agachada. Yo también lloraba. Me acerqué hasta quedar a escasos centímetros del suyo. Quise limpiar sus mejillas pero al instante levantó las manos y me abrazó.

Impresionado, conmovido hasta las raíces por su inesperada acción, reaccioné apretándola también. Fue un abrazo fuerte, tan fuerte como no habíamos experimentado otro desde hacía muchos años...

—Te perdono —continuó hablándome al oído—. Estoy dispuesta a dártelo como un regalo, si tú me amas aún, seguimos adelante, sin volver la vista atrás, olvidando los errores. Más que nunca soy tuya y tú más que nunca formas parte de mí...

Permanecimos enlazados por varios minutos, sin poder decir nada más. Si a mí me costaba especial trabajo externar mis sentimientos, en ese trance me pareció imposible; tenía la esperanza de que mi cuerpo hablara por sí solo, de que la fuerza y desesperación de mi opresión dijera todo lo que había en mi interior.

—Te adoro mi amor —susurré.

Después de un rato nos separamos, nos miramos a la cara.

—No sabes cómo he sufrido —me dijo—. Abandonarte fue un recurso para hacerte reaccionar. Los papeles del divorcio que te envié, se hicieron por recomendación de otras personas, pero mi alma estaba aplastada, porque en realidad no quería deshacer nuestro hogar.

Me pareció intrascendente preguntarle de quien había sido la ayuda y recomendación legal, no tenía caso, lo importante era otra cosa:

—Funcionó —le dije limpiándome el rostro—, eso es lo único que importa. No te imaginas lo que puede aprenderse cuando sientes perderlo todo.

Me quedé cavilando en el asunto. Existe gente neurótica, psicópata, alcohólica o inadaptada, que no sirve para tener vínculos amorosos. ¿Cómo detectarla antes de que destruya a su pareja? Así. Poniéndola a temblar. Si las personas no entienden con palabras, por la buena, que lo primero en su vida debe ser su cónyuge, si no captan el mensaje de que el matrimonio se pierde por flojera, por negativismo y falta de tiempo, la estrategia de poner un alto terminante, es la correcta. Tolerar las atrocidades de una persona malvada, lejos de ayudarla, le perjudica al hacerla creer que todos tienen que aguantarla.

Me atreví a tomar entre mis manos el rostro de Shaden y acercar mis labios a los suyos para besarla muy suavemente. Luego limpié las lágrimas de sus mejillas con mis besos y la abracé muy fuerte otra vez. Mi cuerpo se excitó con tan intensa cercanía, pero era muy diferente a la excitación que sentí cuando estuve con Karen. Esta iba más allá de mis instintos, llegaba a mi corazón y sacudía mi alma misma...

—¿Sabes qué fue lo que me hizo revelarme contra la idea del divorcio todo este tiempo? —le compartí separándome un poco—. Varias veces recordé, estando lejos, la promesa que nos hicimos y firmamos en aquel encuentro conyugal, y que tú dejaste sobre la mesita del teléfono para que yo la viera la noche que te golpeé.

Se apartó tomando mis manos con las suyas.

—Yo no puse nada sobre la mesita del teléfono esa noche.

—¡Pero claro! Cuando hablabas por la extensión de la sala vi el papel amarillento que hacía varios años no sacabas. Había sido abierto y colocado de forma evidente para que yo lo descubriera.

Me miró muy fijo y negó con la cabeza...

Inmediatamente nos volvimos hacia el pequeño.

—Fue él...

Comprender su inocente acción me hizo volver a las lágrimas.

¿De modo que nos oyó discutir y aun después de su crisis convulsiva se puso de pie, buscó aquel documento y lo puso a la vista de sus padres?

—Cinco años atrás, de rodillas frente al altar, hicimos una renovación de nuestros votos matrimoniales —le dije a Shaden— leímos y firmamos juntos ese papel pergamino... Esta tarde... frente a nuestro hijo... quiero invitarte a que hagamos la promesa de nuevo.

Mi esposa me miró llorando... Esta vez su llanto fluyó abiertamente. Inhaló muy hondo y siguió llorando de forma transparente.

Nos pusimos de rodillas frente a la cama del niño.

—¿Te sabes de memoria la promesa?

Asintió tratando de controlarse.

—Sí... El libro de Ruth, capítulo 1, versículo 16 y 17.

Comenzamos a decirla tomados de la mano, hablando casi simultáneamente, sintiendo la fuerza y contundencia de cada frase...

—No me pidas que te deje

»No quiero separarme de ti...

»Iré donde tu vayas.

»Y viviré donde tú vivas.

»Tu pueblo será mi pueblo.

»Y mi Dios será tu Dios.

»Donde tú mueras, quiero morir yo.

»Y allí deseo que me entierren.

»Que el Señor me castigue con toda dureza

»si me separo de ti.

»A menos que sea por la muerte...

Terminamos la promesa y nos volvimos a abrazar con mucha fuerza.

Sentíamos algo sobrenatural en la habitación. Un viento recio, un fuego que no quema, una presencia etérea. Dios estaba allí. En silencio le entregamos nuestro amor... Con la mente le dijimos "somos tuyos, te necesitamos, danos fuerza y valor para enfrentar el compromiso que hemos hecho hoy..."

Giré la cabeza y me quedé helado. Mi hijo Daniel tenía los ojos abiertos y nos observaba...

Eso no podía ser cierto. Sentí una daga fría de marfil penetrando en mi cerebro. Me puse de pie. Shaden hizo lo mismo bisbisando: ¡Dios mío!, ¡Dios mío!

—Hijo... —grité sacudiéndolo—... ¿te acuerdas de mí?

El pasmo de alegría se convirtió en desesperación.

—Por favor —insistí al verlo callado—. ¡Di algo!

Pero no reaccionó. Sentí un escalofrío lento y tremendo.

¿Acaso escuchó la promesa que su madre y yo acabábamos de hacer? ¿Es que sintió las intensísimas vibraciones del lugar? ¿Cuál fue el poderoso estímulo que lo hizo despertar?

—Daniel somos nosotros. Papá y mamá. Vamos a volver juntos a la casa. Los tres. ¿Recuerdas que me pediste que regresáramos? Por favor... Regresa tú ahora... Te necesitamos.

Y al ver que el niño se hacía para atrás sin entender palabra, Shaden y yo lo abrazamos llorando con el alma hecha pedazos.

Tal vez el chiquillo percibió la fuerza de nuestro amor, tal vez hubo en su cerebro un chispazo de reconocimiento, porque nos abrazó y quiso emitir un sonido, pero su voz sonó como un silbido ronco.

—¡¡Habla!! —grité— ¡Haz el intento, por favor!

Se quedó quieto y mudo otra vez.

En su rostro ya no había temor, sólo una sonrisa leve, casi imperceptible.

—Somos tus papás —reiteré en un susurro.

Las palabras se atropellaron en mi boca.

—Mírame hijo; soy yo, el que te sentaba en sus piernas para contarte cuentos, el que cuando fuiste creciendo se alejó poco a poco de ti... Te quiero mucho. De veras. Estoy orgulloso de ser tu papá...

Daniel me veía a la cara.

Me di cuenta demasiado tarde que el verdadero valor de la vida no tiene precio, no puede comprarse con nada. Años de entrega a labor económica no sirven para cambiarlos por un minuto de la vida de nuestros seres queridos. Extemporáneamente comprendí que la máscara social nos aleja del amor. ¿De qué me servía quitármela entonces y decir "aquí estoy, véme, soy yo, el verdadero yo, un ser que sufre, se emociona y vibra", cuando ya no podía saber si mi amiguito era capaz de observarme, *realmente*?

Shaden no resistió más y volvió a abrazar a su hijo con amor ingente, con desesperación enloquecida.

—No importa... —susurró—. Nosotros te ayudaremos. Cuenta con ello...

Epílogo.

Después nos enteramos, que Karen había ido al hospital, no con intenciones de hablar conmigo ni con mi esposa, sino con el señor Vallés. Sólo deseaba solicitarle su traslado urgente a las oficinas del sur. Ignoro los argumentos que usó, pero lo cierto es que el anciano le concedió el cambio de domicilio de inmediato.

Dieron de alta a Daan a la mañana siguiente. Tener en nuestros brazos un bebé de nueve años de edad significó empezar una nueva etapa. La nostalgia del ayer, de lo que pudo ser y no fue, nos invadía a mi esposa y a mí, pero la esperanza de lo que podía llegar a ser nos levantaba el ánimo.

Han pasado once meses desde el día en que Shaden y yo nos perdonamos. Han sido los meses más grandiosos de nuestro matrimonio. Llenos de trabajo y desvelos pero también llenos de lucha y entrega mutua.

Hemos vivido sin alejarnos ni un solo día de Dios. El nos ha dado un motivo trascendental de existir y nos ha ayudado a entender que todo cuanto pasó tiene una razón de ser. El se hizo presente para demostrarnos su gran amor. En la crisis aprendimos a valorar lo que tenemos.

Por las noches, cuando llego del trabajo, después de jugar un rato con mi hijo que está evolucionando muy lentamente, pero de forma clara, suelo sentarme a escribir las memorias que hoy estoy terminando.

Desde el día en que salimos del hospital, supe que debía escribirlas.

No fue fácil. Muchas veces el dolor me invadió y tuve que interrumpir la redacción por el llanto. Revivir tan detalladamente los sucesos acontecidos me produjo una tristeza enorme. Sin embargo he continuado hasta el final convencido de que sólo estoy cumpliendo con un deber ineludible.

El presidente de la empresa hizo el juramento de ayudar a otros matrimonios después de que el suyo se salvó de la peor crisis. Automáticamente nos cedió, a mi esposa y a mí, la consigna de hacer una promesa igual.

Ahora, formamos parte de esa cadena de compromiso...

Vallés y su esposa son un eslabón, Shaden y yo, somos otro, pero hay muchas más parejas que deben asirse de la cadena para no perecer...

Estamos seguros que CASI TODOS LOS MATRIMONIOS SE PUEDEN SALVAR. Sólo requieren escuchar o leer con humildad las verdades de la integración conyugal expresadas en estas páginas y estar realmente dispuestos a cumplir el voto que se hicieron de ser fieles en la alegría y en el dolor, en la salud y en la enfermedad, amándose y respetándose todos los días de su vida.

Las cosas no suceden por azar.

Detrás de aspectos tan profundos, siempre existen razones de Dios.

"La última oportunidad" está en tus manos por algo.

¿Va mal tu matrimonio? ¿Crees que te uniste a la persona equivocada?

¡No te aflijas! Tú puedes rehacer tu vida conyugal sin importar con quién estés casado o casada. Acéptalo, asimílalo: No depende de una magia romántica, depende de una mentalidad adulta.

Lee este testimonio e invita a tu cónyuge a leerlo, pero no lo obligues. Dale su tiempo. Cuando perciba tu entusiasmo, querrá conocer el libro que te ayudó a cambiar...

Subraya estas páginas, estúdialas, resúmelas, hazlas tuyas, vuelve atrás en la lectura y obséquialas a otras familias. Es necesario que formemos un frente sólido, pues la lucha contra el mal organizado es cada vez más cruenta.

La cadena que salve a los matrimonios de la desintegración no debe terminarse. Debe ser cada vez mayor.

Brinda una copia de estas hojas no sólo a las parejas que veas en crisis, sino también a aquellas que aparentemente no tienen problemas, pues nadie sabe lo que hay en realidad detrás de su aparente calma.

Abraza a tu cónyuge y enfrenten juntos el compromiso que la vida les está pidiendo **HOY**.

Unidos podemos hacer la línea de amor para que puedan asirse a ella los hijos de Dios... Formen, como esposos, otro eslabón y tengan confianza. La cadena nunca se romperá ni se soltará, porque pueden estar seguros de una cosa: Hasta arriba, quien sostiene la primera argolla, es Dios mismo.

David y Shaden Arias...

Referencias

1.- Lo que el enfermo y su familia deben saber acerca de la epilepsia. Diego Roselli Cock. Ediciones científicas la prensa médica mexicana, S.A.

2.- Enciclopedia de la salud familiar. Academia Nacional de Medicina. Editor Médico Dr. Tony Smith.

3.- ¿Por qué los hombres ocultan sus sentimientos? Steven Naifeh y Gregory White. Editorial Javier Vergara.

4.- Rimas, leyendas y narraciones de Gustavo Adolfo Bécquer. Editorial Purrúa S.A. "Sepan cuántos" n. 17

5.- Hacia un éxito ilimitado. Og Mandino. Editorial Diana.

6.- Sagrada Biblia Lucas 13 6-9

7.- Diccionario de la Salud Infantil. Ratel, Richard y Saglier. Editorial Grijalbo.

8.- Enciclopedia de la Salud Familiar. Academia Nacional de Medicina. Editorial Aguilar.

9.- Un minuto para el absurdo. Anthony de Mello. Editorial Sal Terrae.

10.- Cartas a mi hijo. Enrique Rambal. Livingston Larned. Papá olvida.

11.- Sagrada Biblia (1 de Juan 3,18)

12.- El Matrimonio a prueba de infidelidad, J. Allan Peterson, editorial Unilit.

13.- Es viernes pero el domingo viene, Anthony Campollo, editorial Vida.

14.- Catecismo de la Iglesia Católica. P/2352.

14 bis.- Para entender, en esta referencia, el concepto de la masturbación abiertamente, es necesario revisar todo el artículo 2352 sin ignorar el último párrafo: "Para emitir un juicio acerca de la responsabilidad moral de los sujetos -que se

masturban-, *ha de tenerse en cuenta su inmadurez afectiva, la fuerza de los hábitos contraídos, el estado de angustia y otros factores psíquicos o sociales que reducen e incluso anulan la culpabilidad moral."*

15.- *Salió el sembrador. Carlos G. Vallés. Editorial Sal terrae. (Cita textual)*

16.- *Como satisfacer a una mujer cada vez y hacer que ruegue por más. Naura hayden. Editorial Diana.*

17.- *El matrimonio a prueba de infidelidad. Allan Peterson. Editorial Unilit.*

18.- *Sagrada Biblia. Juan 21, 15-17*

19.- *Sagrada Biblia. Efesios 5,23.*

20.- *Sagrada Biblia. 1 de Corintios 11,3*

21.- *Sagrada Biblia. 1 de Pedro 3, 1-4*

22.- *Juventud en éxtasis. Carlos Cuauhtémoc Sánchez. Ediciones Selectas Diamante.*

23.- *Predicaciones Shema. Salvador Gómez.*

Cortesía: Diario de Yucatán.

OBRAS DEL MISMO AUTOR

UN GRITO DESESPERADO

best seller

novela de superación
para padres e hijos

JUVENTUD EN ÉXTASIS

novela de valores sobre
noviazgo y sexualidad

Esta obra se terminó de
imprimir en Agosto de 1994
en Programas Educativos, S.A. de C.V.
Calz. Chabacano No. 65-A
Col. Asturias
Delegación Cuauhtémoc
06850 México, D.F.

Se tiraron 50 000   ejemplares